기차를 세운 사나이

기차를 세운 사나이

ⓒ 이종태, 2025

초판 1쇄 발행 2025년 7월 25일

지은이　이종태
펴낸이　이기봉
편집　　좋은땅 편집팀
펴낸곳　도서출판 좋은땅
주소　　서울특별시 마포구 양화로12길 26 지월드빌딩 (서교동 395-7)
전화　　02)374-8616~7
팩스　　02)374-8614
이메일　gworldbook@naver.com
홈페이지　www.g-world.co.kr

ISBN　979-11-388-4510-6 (03810)

우리가 몰랐던
일제 강점기
한 청년
싸움 영웅의 이야기

기차를 세운 사나이

이종태 지음

좋은땅

목차

94 1 13

왜 기차를
세우려 했을까?

할아버지는 대학자셨다

할아버지는 대학자셨다. 그분은 단순히 학문에 능통한 것을 넘어서, 사람들의 마음속 깊이 자리 잡은 지방의 큰 어른이었다. 일제 강점기라는 시대적 억압 속에서도 자신의 뜻과 신념을 꺾지 않으셨던 분이었다.

"아버지, 정말 상투만 틀어 주시면 군수를 시켜 주겠다고요? 그 많은 땅까지 준다니, 이건 우리 집안을 살릴 절호의 기회 아닙니까?"

마을 어르신들이 모인 자리에서 작은아버지가 흥분한 목소리로 말했다고 한다. 그때 할아버지는 손에 쥐고 있던 책을 천천히 덮으시고, 눈을 들어 말씀하셨다.

"상투 틀어 왜놈의 밥그릇에 숟가락 얹는 꼴이 될 바엔 차라리 내가 농사꾼으로 늙어 죽겠다."

그 단호한 말 한마디에 방 안의 공기는 무거워졌다.

할아버지는 왜놈 경찰서장이 직접 찾아와 거래를 제안했던 당시 상황을 이야기하셨다. "군수를 시켜 주겠다.", "우리 쪽에 협력만 하면 너희 집안은 번창할 것이다." 이런 말들로 그들의 달콤한 제안은 이어졌지만, 할아버지의 대답은 단호했다.

"너희가 주겠다는 땅과 권세가 아무리 크다 해도, 내 머리에 얹힌 상투는 내가 지킨다."

왜놈들은 황당한 표정을 지으며 돌아갔다고 한다.

우리 집안사람들은 처음엔 믿기지 않았고, 그 결정을 두고 불만이 가득했다.

"그때 왜 상투를 틀어 군수가 되지 않으셨어요? 우리 자식들을 왜 가난과 고통 속에 내모셨습니까? 그때만큼은 어쩔 수 없이 그들을 따른다고 하셨더라면…."

손자들은 할아버지를 원망했다. 가난 속에서 밥 한 그릇 제대로 얻어먹지 못하고, 공부는커녕 학교 문턱조차 밟아 보지 못한 삶을 탓하면서 말이다. 할아버지의 선택이 결국 우리를 거리로 내몬 것이라며 울분을 품었던 것도 사실이다. 그러나 할아버지께서는 후회하지 않으셨다. 자손들의 원망을 마주하실 때면 늘 한결같은 말씀을 하셨다.

"내 자식들이 왜놈의 종이 되는 꼴은 절대 못 본다. 그깟 공부로 배운 것이 결국 왜놈의 수족 노릇이라면, 차라리 모른 채 사는 것이 낫다."

그때는 그 말이 너무나 얄미웠다. 하지만 시간이 흘러 할아버지의 진심을 이해할 수 있는 나이가 되니 그 뜻이 조금씩 가슴에 와 닿았다.

할아버지는 단순히 학문을 탐구하신 분이 아니었다. 그분은 한자로 된 1,000권이 넘는 서적을 통달하셨고, 집터부터 장례, 결혼, 궁합까지 마을 사람들의 인생 전반에 걸친 문제를 무료로 해결해 주셨다. 그중에서도 독립운동가들을 도운 이야기는 아직도 전설처럼 전해진다.

"그날이 언제라고요? 지금 전달 날짜가 이 날짜로 잡혀 있다구요? 좋아, 내가 가장 적합한 날을 골라 드리겠습니다."

독립운동가들이 찾아올 때마다, 할아버지는 마치 고대의 도사가 된 듯 천문을 살피고 기운을 헤아려 중요한 날짜를 정해주셨다. 그분은 단순히 책만 읽는 학자가 아니라, 실천하는 지식인이셨다. 마을 사람들은 할아버지를 "신과 가까운 사람"이라 부르기도 했다. 심지어 병의 원인까지 간파해 간단한 처방으로 낫게 하는 일도 있었다. 이는 단순히 학문에서 나오는 지혜라기보다는 사람과 자연에 대한 깊은 이해에서 나온 능력이었다.

"제가 듣기로는 독립운동가들이 할아버지께 날짜를 받으러 올 때마다 똑같은 말씀을 드렸다더군요. '너희가 나에게 물어보는 것은 단순한 날짜가 아니다. 그날이 너희가 살아남고 뜻을 이루는 길의 첫걸음이 될 것이다.' 그 말씀을 들을 때마다 얼마나 큰 용기가 났는지 몰라요."

이야기를 전해 들은 후손 중 한 사람은 눈물을 머금으며 그렇게 말했다. 마을 사람들에게는 평범한 어른처럼 보였을지 몰라도, 독립운동가들에게는 그분이 하나의 등대였다.

　　　　　　　　　　　　　　　　　　기차를 세운 사나이

하지만 이웃과 나라를 위해 그렇게 많은 일을 하신 분이 정작 자기 자식들에게는 공부를 가르치지 않으셨다. 아버지와 작은아버지, 그리고 삼촌 모두 문맹으로 남았다. 그런 결정을 이해할 수 없었던 자손들은 할아버지에게 끊임없이 원망을 쏟아냈다. 하지만 할아버지는 고집스러울 정도로 자신의 신념을 고수하셨다.

"너희가 내 결정을 이해하지 못하는 것은 당연하다. 하지만 내가 원하는 것은 너희가 인간답게 사는 것이다. 왜놈의 밥줄에 얹혀사는 것이 아니라, 떳떳하고 당당하게 사는 것 말이다."

손자들은 그 말씀에 대꾸할 수 없었다. 하지만 그 가난 속에서 겪어야 했던 배고픔과 고통은 할아버지의 말처럼 쉽게 잊히지 않았다.

"왜 할아버지는 그렇게까지 완고하셨을까? 우리를 조금이라도 배불리 먹이고 살 수 있는 길을 찾으실 수도 있었을 텐데."

그때는 몰랐다. 하지만 지금 와서 생각해 보면 할아버지의 신념은 단순히 우리 집안의 문제를 넘어선, 민족 전체를 향한 외침이었다. 일제의 압박 속에서 굴복하지 않고 자신의 길을 고수한 할아버지의 삶은 오늘날의 관점에서 보면 분명 존경받아 마땅한 삶이었다. 그러나 세상은 그렇게 호락호락하지 않았다. 할아버지의 업적은 소수의 사람에게만 인정받을 뿐, 대부분의 사람에게는 "자손들을 고통 속에 내몬 사람"으로 기억되었다. 그런 평가는 자손들에게도 큰 아픔이었다.

"너희 할아버지는 나라를 위해 큰일을 하신 분이다."

"아니지, 결국 자식들을 제대로 못 챙긴 부모일 뿐이지."

이런 상반된 평가 속에서 우리는 할아버지의 삶을 어떻게 이해해야 할지 고민할 수밖에 없었다. 하지만 분명한 것은, 할아버지의 삶이 단순히 가난과 고난으로 점철된 것이 아니라, 그 속에서도 빛나는 신념과 철학이 있었음을 알게 된 것이다.

지금도 할아버지의 삶을 생각하면 마음이 복잡해진다. 한편으로는 그분의 신념과 업적을 존경하지만, 다른 한편으로는 그 신념 때문에 겪어야 했던 고통이 떠올라 섭섭함을 떨칠 수 없다.

"할아버지가 조금만 현실적이었더라면 우리 삶은 어땠을까?"

이 질문은 여전히 마음 한편에 남아 있다. 하지만 할아버지의 정신이 없었다면, 우리가 지금 서 있는 이 자리가 가능했을까 하는 생각도 든다. 그분의 고고한 정신과 뚝심은 우리의 뿌리가 되었고, 앞으로도 우리의 삶을 지탱해 줄 것이다.

　기차를 세운 사나이

아버지는 왜 기차를 세우려 했을까

할아버지 이야기를 마치고 이제 본격적으로 아버지 이상만 씨에 대해 이야기하려 한다. 아버지 이상만은 천성이 의리 있고 불의를 보면 참지 못하는 사나이였다. 그 시절, 일제의 억압 속에서도 그는 자기 뜻을 펼치기 위해 고군분투하며 살아갔다.

"하늘이 주신 호기이니 적대 즉시 움직여라."

아버지가 늘 입에 담던 말이었다. 그는 조상님들이 이루지 못한 뜻을 자신의 손으로 반드시 이루겠다는 결의를 가지고 있었다. 그러나 아버지의 방식은 정면 돌파였다. 기회가 오기를 기다리지 않고 스스로 기회를 만들고자 했다. 그래서 세 번째 기차를 세울 계획을 세우고 실행에 옮기기로 결심했다.

그는 기차선로를 탐사하며 양정역에 도착했다. 그곳에서 양정역과 김천역으로 향하는 기차를 공격 목표로 삼았다. 아버지는 양정역 전방 314m 지점에 짚단 10단을 가져다 놓고 선로 위에 설치했다. 기관차가 이를 보고 멈춰 서기를 바라는 마음이었다. 드디어 기차가 달려오고 있었다. 아버지는 손에 땀을 쥐고 기차를 지켜보았다. 하지만 기

차는 기적을 울리며 짚단을 그대로 밟고 지나쳐 버렸다. 짚단 정도로는 문제가 되지 않으리라 판단한 기관사는 속도를 줄이지 않았다. 그 광경을 지켜보던 아버지는 은근히 화가 났다. 그러나 그는 포기하지 않았다. "다음엔 더 철저히 준비하자." 그는 스스로 다짐하며 집으로 돌아가고 있었다.

그러던 중 어디선가 여자의 비명 소리가 들렸다. 아버지는 소리가 난 방향으로 고개를 돌렸다. 그곳에는 일본 놈이 시골 아낙네를 추행하려는 장면이 펼쳐지고 있었다. 아버지의 눈이 이글거렸다. 그는 불의를 보고 그냥 지나칠 수 없었다. 화를 풀지 못해 온몸이 근질거리는 차에 딱 맞는 상황이었다.

"야, 저 일본 놈을 내가 작살낼 테니 너희는 순사가 오는지 망이나

 기차를 세운 사나이

잘 봐.”

아버지는 함께 있던 친구들에게 말했다. 그러고는 그 일본 놈을 향해 외쳤다.

“야, 이 개새끼 쪽발아! 이리 와!!”

그는 10m가량을 단숨에 뛰어가 공중 발차기로 일본 놈의 얼굴을 강타했다. 일본 놈은 비명을 지르며 땅바닥에 나뒹굴었다. 아버지는 말도 없이 순식간에 일본 놈 세 명을 해치웠다. 엉금엉금 기어가는 일본 놈팡이들의 엉덩이를 발로 걷어차며 소리쳤다.

“빨리 꺼져! 꺼져 버리라고!”

일본 놈들은 혼비백산하여 ‘걸음아, 날 살려라.’ 하고 뛰어 도망쳤다. 그 모습을 본 친구들이 박장대소했다.

“상만아, 너 진짜 대단하다! 너 같은 사람이 나라를 구해야 하는 거 아니냐?”

아버지는 그런 친구들의 칭찬에도 태연했다. 그는 이미 다른 작전을 구상하고 있었다.

“오늘은 어떤 일본 놈을 패 줄까? 주재소는 어디를 습격해 볼까?”

그의 하루는 늘 이런 계획으로 가득 차 있었다. 그는 일제의 압박에 저항하는 것을 삶의 목표로 삼았다. 하지만 그의 가정은 참담했다. 농토는 있었지만 농사짓기에 어려운 상황이었고, 공부를 해 면서기를 할 수 있는 여건도 아니었다. 게다가 가난한 살림에 아이들은 많고, 먹여 살릴 능력은 부족했다. 아버지의 아내, 그러니까 우리 어머니는 지칠 대로 지쳐 있었다.

“여보, 제발 그만 좀 하세요. 아이들 생각은 안 하세요? 도대체 왜 이렇게 사는 거예요?”

어머니의 절규에도 아버지는 대꾸하지 않았다. 그는 자신의 길을 가야 한다고 믿었다. 그런 아버지를 본 사람들은 손가락질했다.

“저 사람, 새끼도 제대로 못 키우는 주제에 애는 왜 그렇게 많이 낳았대? 자기 생활도 제대로 못 하면서.”

욕을 먹는 것이 아버지의 일상이었다. 하지만 그는 아랑곳하지 않았다. 그의 마음속에는 오로지 조국을 위한 열망이 가득했다. 그 열망이 그의 삶을 지탱하는 유일한 힘이었다.

기차를 세운 사나이

어느 날, 아버지는 다시 한번 일본 놈들의 기차를 멈추기 위한 계획을 세웠다. 그는 이번에는 더 철저히 준비하기로 결심했다. 그날의 실패를 교훈 삼아, 그는 새로운 방법을 고안하기 시작했다. 그의 눈빛은 결연했고, 그의 행동은 단호했다. 아버지의 삶은 그렇게 하루하루 치열하게 이어졌다.

나는 일본이 죽이고 싶도록 미워

상만은 전날보다 더 많은 나뭇가지를 꺾어 선로 위에 수북이 쌓았다. 이번에도 그는 전과 같은 장소에 나무 섶을 더 높고 단단히 쌓아 두었다. 기차가 오는 소리가 멀리서부터 들려왔다. 강철 바퀴가 철로를 긁는 소리가 점점 커지며 다가오고 있었다. 기적 소리가 길게 울리고, 기차는 어김없이 가속하며 달려왔다. 기관사와 조수들은 창문 밖으로 고개를 쭉 내밀고 무언가를 살피며 지나쳤다. 상만은 그 모습이 너무나 허탈했다. 기차는 아무 일도 없었다는 듯 김천 역을 향해 멀어져 갔다.

기차를 세운 사나이

허탈함과 분노가 뒤섞인 마음으로 집으로 돌아오던 상만의 눈빛은 여전히 불타고 있었다. 무엇이 이렇게 그를 집요하게 기차를 세우려 하게 만들었을까? 그의 친구들조차 그 이유가 궁금했다.

"야, 상만아. 너는 왜 이렇게 기차를 세우려고 애를 쓰는 거냐? 목숨을 걸면서까지 말이야."

친구의 물음에 상만은 잠시 침묵하다가 천천히 입을 열었다. 그의 목소리에는 깊은 분노가 서려 있었다.

"그래, 궁금하냐? 내가 왜 이러는지 알고 싶어?" 상만은 눈을 반짝이며 친구를 바라봤다. "나는 일본이 싫다. 아니, 단순히 싫은 게 아니야. 죽이고 싶도록 미워. 그놈들이 뭘 했는지 알지? 총칼로 남의 나라를 빼앗고, 우리 민족을 짓밟아 놓았어. 우리를 개돼지 취급하면서, 우리의 모든 것을 빼앗아 갔단 말이야. 그런 놈들이 이 땅을 마음대로 질주하게 둘 수는 없어."

그의 말은 단순한 울분이 아니었다. 그것은 그의 가슴 깊은 곳에서 우러난 분노와 슬픔이었다. 그는 독립군들처럼 거창한 계획은 없었지만, 자신의 작은 힘이라도 민족을 위해 보태고 싶었다. 그 마음은 충성스럽고도 간절했다. 그의 친구는 상만의 결연한 얼굴을 보며 더 이상 말을 잇지 못했다.

다음 날도 상만은 철도 위에 장애물 쌓을 준비를 했다. 그러나 그는 이미 느끼고 있었다. 일본 기관사들이 분노에 차 있다는 사실을. 그들은 분명히 자신을 찾아내어 해치려 할 것이다. 상만은 이에 대비하기 위해 나름의 훈련을 시작했다. 그는 달리기와 치고받는 연습, 그리고 빠르게 달아나는 법까지 연습하며 스스로를 단련했다.

　이번에는 나무 섶을 더 높이 쌓았다. 장애물의 크기와 넓이를 늘리며 철저히 준비를 마쳤다. 그는 또다시 기차를 멈추겠다는 결의로 가득 차 있었다. 그러나 기차가 오기 전, 예상치 못한 일이 벌어졌다. 우리 마을에서 약 2,100미터 떨어진 철도 근처. 그는 멀리서 누군가 옥신각신하는 모습을 보았다. 가까이 다가가 보니 일본 순사 두 명이 조선 청년 세 명을 끌고 가고 있었다. 그들은 큰 죄도 짓지 않았지만, 순사들은 그들을 발로 차고 욕설을 퍼부으며 거칠게 다루고 있었다. 상만의 가슴속에 의협심이 불타올랐다. 일본 순사들에 대한 증오와 억눌린 분노가 겹치면서 그는 그들을 구출하기로 결심했다.

　　　　　　　　　　　　　　　　　　　　기차를 세운 사나이

"이 쪽발이 순사 새끼야!" 상만은 큰 소리로 외치며 그들에게 다가갔다. "애들 별로 죄지은 것 같지 않은데, 좀 봐주면 안 되냐? 기어코 주재소로 데려가야겠냐?"

순사들은 상만의 갑작스러운 등장에 당황한 듯 고개를 돌렸다. 그러나 그는 이미 행동에 나서고 있었다. 그는 상대하던 순사를 뒤로 돌며 발차기로 강타했다. 첫 번째 순사는 힘없이 또랑에 처박혔다. 뒤이어 상만은 두 번째 순사에게 달려들어 얼굴을 주먹으로 강타했다. 순사는 비틀거리다 쓰러졌고, 상만은 뒤를 돌아 청년들에게 말했다.

"빨리 집으로 돌아가라! 어서!"

청년들은 놀란 얼굴로 상만을 쳐다보다가 그의 말에 급히 고개를 끄덕이며 도망쳤다. 순사 두 명은 10여 분 동안 일어나지 못했다. 모두가 떠난 후에야 몸을 일으킨 그들은 분한 표정으로 중얼거렸다.

"야, 조센징. 저놈, 대단하구먼. 정말 죽을 뻔했네."

그들은 주재소로 걸음을 옮기며 무언가를 의논했다. 상만은 이 모든 상황을 뒤에서 지켜보다가 천천히 자리를 떴다. 그의 얼굴에는 여전히 분노와 결의가 서려 있었다. 이 모든 일이 끝이 아니었다. 상만에게는 여전히 해야 할 일이 남아 있었고, 그는 결코 물러설 생각이 없었다.

상만이의 집으로 돌아가는 길은 이상하리만치 조용했다. 그는 자신이 방금 저지른 일이 어떤 파장을 불러일으킬지 어렴풋이 알고 있었다. 주재소로 간 순사들이 그냥 넘어가지는 않을 터였다. 그들은 분명히 자신을 잡아내려 할 것이다. 그러나 상만은 두려워하지 않았다. 그의 마음속에는 오직 하나, 나라를 위해 무엇이든 해야 한다는 사명감만이 가득 차 있었다.

며칠 후, 마을에는 일본 순사들이 들이닥쳤다. 그들은 상만을 찾기 위해 마을을 샅샅이 뒤졌다. 주민들은 겁에 질려 아무 말도 하지 않았지만, 순사들의 눈빛은 예리했다. 그들은 상만의 행적을 추적하며 점점 그의 은신처에 가까워지고 있었다. 상만은 이를 눈치채고 밤을 틈타 마을을 떠나기로 결심했다.

'이곳에 더 머물러서는 안 되겠어.' 그는 스스로에게 말했다. '나 하나 때문에 마을 사람들에게 피해를 줄 순 없어.' 그는 최소한의 짐을 챙기고 조용히 집을 나섰다. 그의 발걸음은 조용했지만, 마음속에는 수많은 생각이 오갔다. 이 길의 끝에는 무엇이 있을까? 그는 알 수 없었다. 그러나 분명한 것은, 그는 멈추지 않을 것이라는 점이었다.

새벽녘, 상만은 산길을 따라 깊은 숲속으로 들어갔다. 그곳에는 독립운동가들이 은신해 있다는 소문이 있었다. 그는 그들과 힘을 합쳐 더 큰일을 도모할 생각이었다. 그의 가슴속에는 새로운 결의가 피어나고 있었다. 그는 더 이상 혼자가 아니었다. 그리고 그의 싸움은 이제 막 시작되었을 뿐이었다.

내가 할 수 있는 만큼의
저항을 하는 거요

아버지는 기차를 세우기 위해 철저한 전략을 세우고, 그것을 실행에 옮기기 시작했다. 여덟 번의 시도 끝에 단 한 번의 성공을 거둔 그의 여정은, 그 자체로도 극적인 이야기였다. 기차를 세우는 장소는 커브 길이나 기차가 출발하는 순간처럼 멈출 가능성이 높은 곳을 선택했다. 처음에는 웃통을 훌렁 벗고 기차가 오는 소리를 듣고 선로 위로 뛰어들어 손을 마구 흔들며 기관사를 향해 욕을 퍼부었다. 그러나 기차는 아버지의 존재를 무시한 채 그대로 지나가 버리곤 했다.

아버지는 한 일본 놈 앞잡이를 죽도록 패고도 흥분이 가라앉지 않자, 다시 기차를 세우려는 결심을 다졌다. 그는 기차가 다니는 선로를 사전 답사하며 전술을 가다듬었고, 근처 산에 올라가 솔가지를 한 아름 채취해 선로 위에 깔아 놓았다. 저 멀리서 기적을 울리며 기차가 다가오는 소리가 들려왔다. 아버지는 논두렁에 몸을 숨기고 눈만 내놓은 채 기관차의 움직임을 지켜보았다. 하지만 이번에도 기차는 솔가지를 힘껏 밀쳐내며 맹렬한 속도로 사라져 버렸다. 그는 또다시 허탈한 마음으로 자리를 떠야 했다.

아버지가 목표로 삼은 것은 화물차였다. 승객을 실은 기차는 일부러 피하며, 일본인의 철도 운송을 방해하는 데 중점을 두었다. 이는 단순한 분풀이가 아니었다. 일본이 조선을 점령한 지 7년째, 조선 팔도를 일본 본국의 이익에 맞게 개발하고 착취하는 중차대한 시기에, 그는 작은 힘으로나마 그들의 계획에 균열을 내고자 했다. 특히 김천에서 문경으로 이어지는 탄광 철도는 일본에게는 중요한 요충지였다. 아버지의 목표는 바로 이 철도를 방해하는 것이었다.

기차를 세운 사나이

"상만 씨, 도대체 왜 그렇게 기차를 세우려고 하세요?" 한 번은 동네 어른이 물었다.

아버지는 잠시 말을 멈추고 담배를 꺼내 물었다. 연기가 그의 얼굴을 휘감으며 퍼져 나갔다. "그게 알고 싶나요?" 그는 낮고 단단한 목소리로 말했다. "이놈들이 내 나라를 빼앗아 갔잖아요. 총칼로, 폭력으로. 우리 사람들을 짓밟고, 땅을 갈취하고, 철도를 깔아 자기네 이익을 챙기려는 꼴을 보고 있으면 가만히 있을 수 없죠. 나는 그저 내가 할 수 있는 만큼의 저항을 하는 거예요."

그의 목소리에는 분노와 슬픔이 가득 담겨 있었다. 비록 그는 학식이 깊은 사람은 아니었지만, 애국심과 정의감은 누구도 부정할 수 없었다. 상만의 작은 체구 속에는 협객의 기질이 가득했다. 그는 불의와 비리를 보면 참지 못했고, 그의 몸과 마음은 이미 정의와 투쟁으로 무장되어 있었다. 그의 모습은 마치 조선의 일지매나 홍길동을 연상케 했다. 사람들은 그를 두고 깡패라거나 무모한 사람이라고 손가락질했지만, 그의 주먹은 늘 일본 놈들과 그들의 앞잡이들에게만 향했다.

그는 무장하지 않았다. 맨몸, 맨주먹이었다. 그러나 그의 싸움 실력은 놀라웠다. 일본인 열 명, 스무 명을 상대로도 거뜬히 싸워 이겼다. 그의 싸움 방식은 기발하고도 치밀했다. 상대방의 어깨 위로 뛰어올라 다른 놈들을 두 발로 강타하거나, 빠르게 몸을 돌려 여러 명을 동시에 상대했다. 그의 싸움을 지켜보던 사람들은 감탄을 금치 못했다. 때로는 그 자리에서 박수를 치는 사람도 있었다. 그 박수는 통쾌함에서 비롯된 것이었지만, 그로 인해 일본 경찰에게 붙잡혀 두들겨 맞는 일도 적지 않았다.

한 번은 그의 싸움을 목격한 한 노인이 말했다. "저런 젊은이가 있는 걸 보니 나라가 아직 죽지 않았구먼. 정말 대단한 놈이야."

또 다른 날, 아버지는 새로운 계획을 세웠다. 이번에는 기차가 멈출 수밖에 없도록 선로를 막아야 한다고 생각했다. 그는 동네의 젊은 친구들에게 도움을 청했다. "야, 오늘은 확실히 기차를 멈추자. 산에서 나무를 더 많이 베어 와라. 그리고 돌도 좀 모아라. 선로를 단단히 막아야 한다."

친구들은 그의 말에 고개를 끄덕이며 산으로 달려갔다. 아버지는 직접 나무와 돌을 옮기며 선로 위에 장애물을 쌓았다. 그날 밤, 기차는 멀리서부터 천천히 다가왔다. 기적 소리가 울리고, 철로가 떨렸다. 아버지는 손에 땀을 쥐고 기차가 멈추기를 기다렸다. 그러나 이번에도 기차는 멈추지 않았다. 그는 분노를 억누르며 이를 악물었다.

'다음번엔 반드시 멈출 거야.' 그는 스스로에게 다짐했다. 그의 눈빛

기차를 세운 사나이

은 흔들림이 없었다. 그는 실패할수록 더 강해졌다. 그의 싸움은 단지 기차를 멈추는 것이 아니라, 조선을 되찾기 위한 작고도 굳센 저항이었다.

　그의 이야기는 단지 그의 개인적인 투쟁이 아니었다. 그것은 조선의 모든 민중이 품고 있던 분노와 슬픔, 그리고 희망의 이야기였다. 사람들은 그의 이야기를 입에서 입으로 전하며, 그의 용기에 박수를 보냈다. 비록 그의 투쟁이 거대한 역사의 물줄기를 바꾸지는 못했을지라도, 그의 정신은 여전히 조선 땅 어딘가에서 살아 숨 쉬고 있었다.

431 032

일제 강점기의
김두환이 여기 있소

아버지는 신으로부터
물려받은 선천적인 싸움꾼이었다

아버지 이상만은 글자를 전혀 모르는 문맹자였지만, 독립운동이라는 이름 없는 전쟁터에서는 누구보다 빛나는 독립군이었다. 그의 별명은 '논 도깨비', '살쾡이', 그리고 '구미호'였다. 이 별명들은 그의 빠르고 날렵한 움직임과 예측할 수 없는 행동에서 비롯된 것이었다. 그는 세상을 떠난 뒤에도 '기차를 세운 사나이 이상만'으로 불리며 사람들 사이에 회자되곤 했다.

1938년 늦가을, 아버지는 아홉 번의 시도 끝에 마침내 기차를 세우는 데 성공했다. 그러나 그 대가는 혹독했다. 일본 기관사들에게 붙잡

                                        기차를 세운 사나이

혀 김천 역전 창고에서 끔찍한 폭행을 당했고, 기진맥진한 몸으로 화장실 바닥에 던져졌다. 그런 상황에서도 그는 절대 굴복하지 않았다. 그의 눈빛은 여전히 불타오르고 있었고, 그 결의는 꺾이지 않았다.

아버지는 싸움 실력으로도 유명했다. 그는 씨름과 노름에 능했고, 술을 좋아했다. 그의 인생은 평범한 사람이 할 수 있는 일들과는 거리가 멀었다. 농토도 없고, 직업도 없던 그는 타고난 싸움 실력과 대담함으로 하루하루를 버텨 나갔다. 누군가 그의 삶을 표현하자면, 좋게는 "풍운아"라 부를 수 있겠지만, 나쁘게 말하자면 "깡패" 혹은 "돌쌍놈"이라 불리곤 했다.

그는 술이 마시고 싶으면 길가 한복판에 누워 잠자는 척하며 지나가는 사람을 물색했다. 마음에 드는 상대가 나타나면 벌떡 일어나 소리를 쳤다.

"야! 이 새끼야! 어른이 주무시는데 그냥 지나가면 어쩌자는 거야?"

이유 불문, 상대를 제압하는 그의 기술은 기가 막혔다. 발길질 한 번에 상대는 꼬꾸라졌고, 피스톤처럼 날리는 주먹 몇 대면 상대방은 두려움에 떨며 주머니에서 돈을 꺼냈다. 돈을 받아 든 그는 친구들과 술집으로 향해 고주망태가 될 때까지 마셨다. 그리고 술기운에 휘청거리며 집으로 돌아가는 길, 일본 순사들에게 붙잡히는 일도 잦았다.

어느 날, 순사 두 명이 그를 붙잡고 추궁했다.

"여보시오. 조금 전에 지나가는 사람을 폭행하고 돈을 뜯었다는데, 이게 어떻게 된 일이오?"

아버지는 대답 대신 번개처럼 손발을 날렸다. 순사들은 쓰러졌고, 그는 다시 자신의 행방을 감추며 유유히 사라졌다. 그의 이런 행적은 마치 전설처럼 사람들 사이에서 퍼져 나갔다.

덩치는 작았지만 그의 주먹은 돌 같았고, 발길질은 몽둥이보다 빠르고 강했다. 그가 싸움에서 보여 준 실력은 많은 사람들에게 경탄을 자아냈다. 어떤 사람들은 그를 두고 신이 내린 싸움꾼이라 칭송하기도 했다.

하지만 그의 삶은 그저 싸움으로만 채워진 것이 아니었다. 그는 단 하루도 싸우지 않으면 잠을 잘 수 없을 정도로 불같은 기질을 가진 사람이었다. 어머니는 그런 아버지를 어떻게 생각했을까? 그녀의 마음속엔 원망과 분노가 가득했을 것이다. 싸움, 노름, 술에 빠진 아버지는 그녀에게 원수 같은 존재였을지도 모른다.

그런 아버지가 처음부터 기차를 세울 생각을 한 것은 아니었다. 그는 단지 일본이 조선 땅을 빼앗고, 조선인을 짓밟으며 기고만장한 꼴을 더는 참을 수 없었다. 조선인들은 그저 하루하루를 겨우 버티며 살아가고 있었다. 그들의 삶은 나약하고 절망적이었다. 일본 놈들은 그런 조선인을 약탈하고, 겁탈하며, 수탈을 일삼았다. 그들은 등 따습고 배부른 삶을 누리며 조선인을 조롱하고 있었다.

나라를 빼앗긴 백성들의 삶은 지옥과 같았다. 가난과 굶주림에 허덕이는 조선인들은 살아 있다는 것조차 고통스러웠다. 그 와중에 일본에 나라를 넘긴 조선의 임금은 배불리 먹고 호의호식하며 장수하다 죽었다는 소문이 돌았다. 그런 이야기가 삼천리 방방곡곡에 퍼지며 사람들의 분노를 자아냈다. 그런 상황에서 상만 같은 이들은 자신만의 방식으로 억압에 저항하며 일본에 분풀이하고자 했다.

아버지에게 싸움은 단지 생존의 기술이 아니었다. 그것은 불의에 저항하고, 억압받는 민족의 분노를 표출하는 수단이었다. 그는 일본의 철도 운송을 방해하기 위해 기차를 세우는 일을 선택했다. 단순히 기차를 멈추는 것이 아니라, 일본의 심장부를 흔드는 행위였다.

그의 전술은 간단하면서도 효과적이었다. 그는 기차가 멈출 만한 장소를 사전답사하고, 커브 길이나 기차가 출발하는 순간을 노렸다. 때로는 솔가지를 철로 위에 깔아 기차의 속도를 줄이고, 때로는 자신의 몸을 던져 기차를 멈추려 했다. 그의 이러한 행동은 단지 개인의 분노를 넘어서, 나라를 잃은 민족의 자존심을 되찾으려는 몸부림이었다.

어느 날, 그는 친구들과 이야기를 나누며 이렇게 말했다.

"내가 왜 이렇게 하는지 아냐? 나는 이 땅에서 더는 조선인이 짓밟히는 꼴을 보고 싶지 않다. 우리가 아무리 약해도, 일본 놈들한테는 저항할 수 있다는 걸 보여 줘야 해."

친구들은 그의 말에 고개를 끄덕였다. 그의 눈빛에는 결의와 열정이 가득했다. 그는 비록 이름 없는 싸움꾼이었지만, 그의 행동은 민족의 미래를 위한 작은 불씨였다.

아버지의 삶은 평범하지 않았다. 그는 싸움과 술, 그리고 저항으로 점철된 인생을 살았다. 하지만 그 속에는 조국과 민족을 위한 뜨거운 열정이 있었다. 그의 이야기는 단지 개인의 전설로 끝나는 것이 아니라, 나라를 잃은 시대를 살아간 한 조선인의 처절한 외침이었다.

아버지가 얼마나 싸움을 잘했느냐면

아버지 이상만은 단순히 싸움에 능한 사람이 아니었다. 그는 마치 싸움을 태어나면서부터 숙명처럼 짊어진 사람처럼 보였다. 남들처럼 체육관에서 하루 종일 구르고, 기술을 배우는 과정 없이도 그는 타고난 싸움쟁이였다. 한 번 시작되면 그 누구도 그를 당해 낼 수 없을 정도로. 상만이의 손과 발은 마치 천 리 길을 한걸음에 뚫을 힘을 지닌 것처럼 날카로웠고, 그의 눈빛만 봐도 상대는 얼어붙을 정도였다.

일본 순사들이 두 명씩 한 팀을 이루어 순찰할 때마다, 그들은 상만이를 두려워했다. 그들은 유단자였다. 유도, 가라데 등 여러 격투기에서 높은 수준을 자랑하는 자들이었지만, 상만이 앞에서는 그들조차 아무것도 아니었다. 상만이의 옆차기와 돌려차기, 두 단 높이차기는 마치 천상의 전사처럼 유연하고 빠르며, 그 무엇도 그를 멈출 수 없었다. 그를 상대하는 일본 순사들은 싸움이 시작되면 거의 항상 상대가 되지 않았다. "어떻게 저런 사람이 이 땅에 있을 수 있지?" 상만이를 보면 모두가 입을 다물고 숨을 내쉬며 경악을 금치 못했다.

그의 싸움 실력은 단순한 폭력으로 그치지 않았다. 싸움이 벌어질 때면, 그것은 단순히 힘겨루기가 아닌, 그가 가지고 있는 의리와 정의의 표출이었다. 일본 순사들이 조선 사람들을 괴롭히고, 멸시할 때마다 상만이의 가슴속에는 타오르는 분노가 끓어올랐다. 그는 그런 만행을 참을 수 없었다. 일본 순사들이 조선인들을 때리면, 그는 그들을 향해 두 주먹을 쥐고 달려갔다. 상만이가 일본 순사들에게 발을 한 번 휘두를 때, 그들은 아마 자신들이 언제 이 땅을 떠나게 될지를 알았을 것이다.

상만이의 명성은 금세 퍼졌다. 마치 그가 나타날 때마다, 길을 지나던 사람들은 그를 알았고, 그를 반겼다. 그가 나타나면, 사람들은 그를 향해 박수를 보내며 찬사를 보냈다. 상만이는 단순한 싸움꾼이 아니었다. 그는 의리와 충직함으로 많은 사람들에게 존경받는 인물이 되었고, 그의 이름은 지역사회에서 유명세를 치르게 되었다. 그런 그가 김천역을 지나면서도, 그가 경험한 죽음과 고통의 기억은 그에게 깊은 상처를 남겼다. 그의 얼굴에 덮어진 피로와 고뇌는 아무리 밝은 햇살이 비추어도 사라지지 않았다.

"한 번도 쉬어 본 적이 없지?" 누군가는 상만이를 바라보며 물었다.

"그냥…. 뭐, 살기 위해서 그렇게 살았지." 상만이는 그저 고개를 끄덕이며 대답했다. 그의 말투에는 무언가 냉철함이 묻어 있었다. 그는 더 이상 과거의 괴로움에 빠져 있을 여유가 없었다. 그는 이제 다시 살아가기 위해서, 조금씩이라도 나아가야 했다.

  기차를 세운 사나이

하지만 그도 이내 변화했다. 일본 순사들의 감시가 계속 강화되면서, 상만이는 점차 이 지역에서의 활동을 제한받기 시작했다. 그는 점점 더 좁아지는 범위 안에서만 움직여야 했다. "상만이가 어디에 나타나면, 일이 커지니까, 우리도 그만해야겠다." 일본 순사들은 상만이를 처리하기 위한 계획을 세우기 시작했다. 그들은 그를 감시하기 위해 유단자 순사들로 이루어진 부대를 구성했다. 상만이는 이제 자신의 길을 자유롭게 갈 수 없게 되었다.

"상만이, 그놈만 나오면, 어떻게든 처리해라." 일본 순사들은 자신들의 방법대로 그를 없애려 했다.

하지만 그들이 아무리 작전을 세운다 해도, 상만이는 쉽게 잡히지 않았다. 그가 떠나려는 길에는 언제나 그물망이 펼쳐졌고, 그물망은 모두 빈 곳이 없을 만큼 촘촘하게 뒤덮였다. 그러나 그만큼 상만이는 그들을 피하는 데 능숙했다. 그의 빠른 움직임과 기민함은 일본 순사들이 아무리 감시해도 그를 잡을 수 없게 만들었다. 그의 이름만 들어도 일본 순사들은 소름이 끼쳤다. "조센징 이상만이? 그 이름만 들어도 등골이 오싹하다…." 순사들은 말끝을 흐리며, 그의 이름을 꺼내는 것조차 두려워했다.

상만이가 나타나면, 일본 순사들은 그를 피하기 위해 가능한 모든 방법을 동원했다. 그들이 가장 원했던 것은, 상만이가 자신을 자진해서 고립시키고, 그들을 피하는 방법을 배우는 것뿐이었다. 하지만 상만이는 언제나 그들이 생각할 수 없는 방법으로 움직였고, 그 결과 그들은 더 큰 불안에 떨 수밖에 없었다. 그가 순사들을 피해 돌아다니는 그것만으로도 그들은 이미 큰 스트레스를 받았다.

그럴수록 일본 순사들의 압박은 강해졌다. 결국 상만이는 일본 강제징용으로 끌려가게 되었다. 그를 처리하기 위한 방법으로 선택된 그것은 일본 북해도 탄광으로 강제징용이었다. 그곳에서 그의 삶은 다시 한번 뒤바뀌었지만, 상만이의 정신과 의지는 절대로 꺾이지 않았다.

기차를 세운 사나이

시라소니 상만이에게
일본 놈들 혼내 달라고 줄을 서다

　상만이는 어릴 때부터 유난히 외롭고 쓸쓸한 아이였다. 가난한 집안에서 태어나 먹고 사는 일이 늘 우선이었지만, 그의 마음속 깊은 곳에는 조국의 아픔과 억눌린 분노가 자리를 잡고 있었다. 어릴 적부터 일본 순사들에게 모진 매질을 당하는 어른들을 보았고, 소녀들이 끌려가 돌아오지 못하는 모습을 목격했다. 그는 어금니를 악물며 다짐했다. 언젠가 반드시 저들을 응징할 것이라고. 그의 심장은 언제나 불타고 있었다. 가슴속에 용광로 같은 분노가 들끓었고, 주먹은 언제나 싸움을 갈망했다. 하지만 단순한 분노가 아니었다. 상만이는 싸움을 즐기지 않았다. 그저, 자신이 할 수 있는 방법으로 조국을 지키고 싶었을 뿐이었다.

　그러던 어느 날, 그는 큰 결심을 했다. 일본의 산업과 경제를 조금이라도 방해하고 싶었다. 거대한 기차가 일본 본토로 물자를 나르는 모습을 보고, 그는 생각했다. '기차를 세우면, 적어도 하루라도 그들의 계획에 차질이 생길 것이다.'

　밤이 깊어지고, 차가운 달빛이 들판을 비췄다. 상만이는 조심스럽게 철로로 다가갔다. 사방을 둘러보며 철길 위에 장애물을 올려놓았다.

그의 손은 땀으로 젖어 있었지만, 마음만큼은 단단했다. 마침내 멀리서 기차의 불빛이 어른거렸고, 거대한 쇳덩이가 쉴 새 없이 굉음을 내며 다가왔다. 순간, 귀청을 찢는 소리와 함께 기차가 덜컹거리며 멈춰섰다. 그는 가슴 속에서 솟구치는 짜릿한 희열을 느꼈다.

그러나 상만이는 알았다. 이것만으로는 부족하다는 것을. 일본이 점점 더 강해지는 것을 보며, 그는 단순한 방해가 아닌, 직접적인 저항이 필요하다는 걸 깨달았다. 그의 목표는 명확해졌다. 일본인들이 조선 사람을 괴롭힌다는 소식이 들리면, 그는 망설임 없이 달려갔다. 때로는 순사들과 피 튀기는 몸싸움을 벌였고, 때로는 부당하게 맞고 있는 동포들을 구해 냈다.

상만이는 늘 일본 순사들과 숨바꼭질하는 생활을 하고 살았다. 정말 그의 애국 애족 정신은 말로는 표현키 어렵다. 박수갈채 속에 상만이의 신심은 날로 황폐해 갔다. 아무래도 상만이는 장수는 할 수 없는 운명을 타고난 사람인가 보다. 남들은 일본 놈들한테 아부해서 잘 먹고 잘사는데, 상만이는 누가 알아주지 않고 나라도 모른 척하는 시대를 살면서 몸과 마음을 다 바쳐 충성했다. 그러나 당시 촌구석에서는 알아줄 자 없고 자신만 멍들고 가난하게 살면서 집안에 가난만 안겨 주었다. 옛말이 아니라 집안 살림살이에는 신경 하나 쓰지 않으면서 누구 하나 알아주는 사람 없는 일본과 일본 사람과 싸워 봤자 개코도 생기는 거 하나 없고 자기 몸과 마음만 병들 뿐이다. 이 시대에 일본을

기차를 세운 사나이

상대로 싸웠지만 나라에서나 지방에서나 아무 도움도 못 받으니, 신심에 골병만 들어 짧은 생을 마쳤다. 상만이의 나이 38세, 왕성한 청년 시대에 사망하였으니 자식 5남매 처자식은 더더욱 궁핍한 생활에 시달리고 처 남석은 5남매의 자식을 키우느라고 얼마나 고생했을까 말로써 표현키 어렵다.

일본군에 끌려 관 속에서 들어갔다가 겨우 살아나온 상만이는 명이 길어야 마땅한데 골병드는 일만 찾아 헤맸다. 부전자전이라 아버지가 자식한테 신경을 안 썼으니, 상만이도 처자식에게 신경을 써 본 사실이 없었다. 처 장남석이는 차라리 상만이가 죽고 없었다면 더 좋았을 거라고 얘기한다. 그래서 그런지는 몰라도 상만이는 향년 38세로 단명했다. 풀뿌리도 귀한 시절 자식 5남매 굶겨 죽일 수는 없어서 아버지 고향 상주 공검을 떠나 첫 남석이는 친정 동네로 이사를 갔다. 당시 친정은 잘살고 있었기에 두 끼를 굶고 살다가 상만이의 아내 남석이 친정 동네로 이사 오니 친정집에서 조금씩 도와줘 두 끼 굶을 것이 한 끼로 줄어들었단다. 당시는 10년 대한에, 10년 가뭄이라 특별한 집을 제외하고 모두가 굶는 것이 부잣집 밥 먹듯 했단다.

천고마비 계절, 하늘은 맑고 맑은 하늘은 맑고 말은 살찐다는 계절, 황금 들판에 참새들은 즐겁게 노래 부르는 아름다운 계절, 가을, 오곡백과가 무르익어 사람들의 눈과 배를 즐겁게 하는 계절 가을에 일본 사람들이 많이 사는 살고 있는 상주군 함창에서 일본인들과의 집단

패싸움이 벌어지게 되었다. 일본 청년 7명, 그중에는 가라데 선수 한 명과 유도 선수 두 명이 포함되어 있었다. 반면 조선인 측에서는 상만이와 그의 친구 두 명, 총 세 명이 나섰다. 싸움을 지켜보던 일본인과 조선인 구경꾼 60여 명은 모두 일본인들의 승리를 예상했다.

3대 7의 싸움이라면, 승패는 뻔해 보였다. 그러나 상만이는 달랐다. 그는 싸움할 때마다 마치 귀신이 씌운 듯한 기세를 내뿜었다. 돌주먹은 날다람쥐처럼 빠르게 날아갔고, 단단한 두 발은 번개처럼 움직였다. 가라데 선수조차 그의 발차기를 막아내지 못했다. 상만이 친구 2명도 서당 개 3년이면 풍월을 읊는다는 말과 같이 상만이와 어울린 세월이 5년 이상 되었으니 자기 몸을 지킬 수 있는 싸움 실력이 있었다.

"이놈아!" 상만이가 외치며 한 일본인의 면상을 주먹으로 후려쳤다. 비명 소리와 함께 그 남자는 그대로 뒤로 나가떨어졌다. 그가 바닥에 쓰러지는 순간, 유도 선수가 달려들었다. 하지만 상만이는 재빠르게 몸을 날려 피했다. 그는 상대의 허점을 놓치지 않았다. 발차기 한 방으로 상대의 턱을 강타했다. 순식간에 일어난 일이었다. 싸움이 길어지자, 일본인들은 점점 밀려났다. 가라데 선수는 상만이의 돌려차기에 맞아 쓰러졌고, 유도 선수들은 제대로 된 기술 한 번 써 보지 못한 채 널브러졌다. 구경꾼들은 숨을 죽였다. 20여 평 남짓한 골목길 넓은 곳을 택한 싸움판에서 10여 분간 긴 시간의 싸움은 조선인의 승리로 끝났다. 아무도 예상하지 못했던 결과였다.

   기차를 세운 사나이

날다람쥐처럼 빠른 돌주먹을 날리고, 괭이처럼 야무진 두 발은 동에 번쩍, 서에 번쩍 날으니 일본 놈 턱과 머리통은 안전할 수가 없고, 터지고 찢어지고 부상이 말도 못 했다. 일본인들을 한마디로 작살내 버린 것이다. 상만이는 평상시 생활하는 모습은 일반인들과 같은데 싸움만 하게 되면은 귀신같은 사람이 된다.

특별히 운동을 체계적으로 한 유도 선수 가라데 선수를 개구리 잡아 패대기쳐 죽이는 것처럼 일본인들을 처참하게 쓰러뜨리고 마는 것이다. 참으로 신출귀몰한 싸움 실력. 말로써는 표현이 어렵다. 정말 싸움의 영웅이다. 멀리 있는 일본인들도 조선인을 괴롭히고 두들겨 팼다는 소식을 듣거나, 상만이를 듣거나, 상만이 찾아와 도움을 요청하면은 만사를 제쳐 놓고 달려가 일본인 그들을 두들겨 패 주고, 다시는 조선인을 괴롭히지 못하게 하고 항복을 받은 후 귀가하게 된다.

패싸움할 때 상만이는 사방팔방을 살펴 가면서 여유 있게 싸움하고 동료들이 고립이 되거나 일방적으로 일본인한테 맞을 때 상대방을 재빨리 처리하고 동료를 구해 낸다. 날쌘 몸은 멀리뛰기 하는 선수처럼 뛰어가 친구와 싸우고 있는 일본인을 한 방에 해치운다. 돌려차기 높이차기가 명인 명수인 상만이는 누구도 감당 못 하는 사람이다. 상대방 어깨 위에 뛰어올라 반대편 상대방의 면상을 발로 차니 상대도 끽소리 못 하고 고꾸라지는 것이다.

소문은 삽시간에 퍼졌다. 상만이의 이름은 상주 읍내까지 퍼져나갔고, 사람들은 그를 '시라소니'라고 불렀다. 일본인들에게 당한 조선인들은 백 리 길도 마다하지 않고 그를 찾아와 복수를 부탁했다. 상만이는 그들이 부탁할 때마다 망설임 없이 달려갔다. 그러나 그런 삶이 계속될 수는 없었다. 그는 언제나 일본 순사들의 감시를 받았다. 늘 도망쳐야 했고, 언제 붙잡힐지 모르는 불안 속에서 살아야 했다. 그의 몸은 점점 지쳐갔다. 하지만 그는 멈추지 않았다. 자기 삶이 얼마나 덧없는 것인지 알면서도, 조국을 위해 싸우는 것이 자신의 운명이라고 믿었다.

사람들은 말했다. "그는 영웅이었다." 하지만 그의 처와 다섯 아이는 남겨졌다. 집안은 더욱 가난해졌고, 남겨진 가족들은 더 힘든 삶을 살아야 했다. 세월이 흐르며 그의 이름은 점점 잊혀져 갔다. 하지만 누군가 그를 기억하고 있었다. 억울하게 맞고 쓰러진 동포들을 위해 몸을 던졌던 남자, 상만이. 그는 역사의 한 페이지에 작지만, 강한 흔적을 남겼다. 그리고 그를 기억하는 사람들의 가슴속에서, 그는 여전히 싸우고 있었다.

     기차를 세운 사나이

9번의 기차를 세우려는 시도는
잃어버린 나라를 향한 절규

1938년 가을. 일본의 만주 침공이 본격화되던 시기였다. 나라를 빼앗긴 조선 백성들은 피폐한 삶 속에서 생존의 끈을 붙잡고 있었다. 이 와중에 상만은 한 가지 결심을 한다. 일본의 철도 산업을 방해하기 위해 기차를 세우겠다는 것이었다. 그의 나이는 서른. 혈기 왕성한 시절이었다. 주변 사람들은 말렸다.

"상만아, 무모한 짓 하지 말고 집안이나 보살피며 살아라. 그렇게 살아도 힘든 세상인데, 그런 짓 하다가 잡히면 어떻게 하려고 그러냐?"

하지만 상만의 귀에는 이 말이 들리지 않았다. 그의 머릿속에는 오직 하나의 생각만 가득했다. '기차를 세우자. 일본의 숨통을 조그맣게라도 죄어 보자.' 그는 밤마다 작전을 구상했다. 어디서, 어떻게 기차를 세울지 고민에 고민을 거듭했다.

늦가을의 어느 날, 상만은 눈치 빠른 친구를 데리고 집을 나섰다. 목적지는 양정역 북방 2Km 지점. 함창 방향으로 커브를 이루는 철길이었다.

"여기가 좋겠지? 기차가 커브를 돌면 속도가 줄어들 테니까."

친구들은 고개를 끄덕였다. 상만은 솔가지를 한 아름 꺾어 선로 위에 깔았다. 그런 다음 둘은 선로 옆에서 기차를 기다렸다. 시간이 흐르고, 멀리서 기적 소리가 들려왔다. 상만은 친구에게 말했다.

"왔구나. 준비해라."

기차가 점점 가까워졌다. 상만은 두 팔을 번쩍 들고 선로 위로 뛰어들었다.

"스톱! 스톱!"

그는 고함을 질렀다. 그러나 기차는 멈추지 않았다. 운전석에서 일본인 기관사가 얼굴을 내밀며 조롱하듯 소리쳤다.

"조센징! 이 간나새끼가 죽으려고 환장했나?"

기차는 솔가지를 깔아뭉개며 그대로 달려갔다. 첫 번째 시도는 실패로 끝났다. 상만은 이를 악물었다.

"괜찮아. 실패는 성공의 어머니라잖아. 다음엔 더 철저히 준비하자."

친구들은 걱정스러운 눈빛으로 그를 바라봤지만, 상만의 눈빛은 결의에 차 있었다.

그 후로도 상만은 여러 차례 시도했다. 하지만 기차는 번번이 멈추지 않았다. 그러던 어느 날, 다섯 번째 시도에서 마침내 기차가 멈췄다.

상만은 선로 위에서 솔가지 옆에 서서 두 팔을 흔들며 외쳤다.

"멈춰라! 멈추지 않으면 내가 뛰어들겠다!"

기적이 길게 울렸다. 철마가 끼익 소리를 내며 속도를 줄이기 시작

    기차를 세운 사나이

했다. 드디어 기차가 멈췄다. 상만은 가슴이 뛰었다. 그러나 기쁨도 잠시, 기차에서 일본인 청년 세 명이 뛰어내렸다. 그들은 상만을 향해 달려왔다.

"아, 올 것이 왔구나."

상만은 뒤돌아 도망치기 시작했다. 그의 눈앞에는 논두렁이 펼쳐져 있었다. 그는 재빨리 논두렁을 향해 달렸다. 일본인들은 그를 뒤쫓았다. 하지만 논두렁에서 달리기는 쉽지 않았다. 상만은 거침없이 뛰었지만, 일본인들은 발을 헛디디며 따라오지 못했다.

"조센징, 논 도깨비네! 저놈 빨라, 빨라!"

일본인들은 혀를 찼다. 결국 그들은 추격을 포기하고 멀리서 도망가는 상만을 바라보며 중얼거렸다.

"지금은 저놈을 잡을 수 없다. 다음을 기약하자."

상만은 실패에도 굴하지 않았다. 여덟 번째 시도까지 반복한 후, 아홉 번째 도전을 결심했다.

그는 이번에도 양정역 근처를 선택했다. 하지만 일본인들은 이미 그의 행동을 눈여겨보고 있었다. 그들은 상만을 잡기 위해 치밀한 작전을 세웠다.

"이번엔 반드시 잡는다. 유도 유단자, 가라테 유단자, 그리고 마라톤 선수를 투입하자."

기차는 다시 상만이 준비한 커브 길로 들어섰다. 상만은 이번에도 선로 위에서 팔을 흔들며 소리쳤다.

"멈춰라!"

기차는 멈췄다. 그러나 이번에는 일본인 세 명이 번개처럼 기차에서 내렸다. 상만은 급히 도망쳤다. 그는 논두렁을 타고 전속력으로 달렸다. 하지만 이번엔 상대가 달랐다. 마라톤 선수의 체력과 유도, 가라테 유단자들의 민첩함이 그를 따라잡았다. 그는 10킬로미터 넘게 달렸지만 끝내 붙잡히고 말았다.

"잡았다! 드디어 잡았다!"

일본인들은 환호성을 질렀다. 상만은 끌려가면서도 이를 악물었다.

"죽이려면 죽여라. 하지만 내 의지는 꺾을 수 없다."

상만은 일본 경찰에게 끌려가 심한 고문을 당했다. 그들은 그에게 왜 이런 짓을 했는지 물었다. 하지만 상만은 단 한마디도 입을 열지 않았다. 그의 눈빛은 여전히 살아 있었다.

"너희들이 아무리 나를 괴롭혀도, 내 마음은 빼앗지 못한다. 나는 조선의 아들이다."

그의 행동은 작은 불꽃이었다. 하지만 그 불꽃은 어둠 속에서 조용히 타오르며 조선인들에게 희망의 메시지를 전했다. 일본의 철도 산업을 방해하려는 그의 노력은 성공과 실패를 떠나 큰 의미를 남겼다. 그것은 단순한 반항이 아니라, 잃어버린 나라를 향한 절규였고, 정의와 자유를 향한 몸부림이었다.

　　　　　기차를 세운 사나이

상만의 이야기는 그렇게 사람들 사이에서 전설처럼 퍼져 나갔다. 사람들은 그를 "논 도깨비"라 불렀다. 그의 이름은 잊히지 않았다. 그의 삶은 작은 민족 저항의 한 장면으로 남아, 역사의 어두운 한 페이지를 환히 비추는 등불이 되었다.

핍박받는 우리 조선인들을 위해
조금만 힘을 보태자

상만이에게는 세 명의 친구가 있었다. 그 셋은 단순한 친구가 아니었다. 서로가 서로에게 가장 깊은 마음을 이해해 줄 수 있는 절친이었다. 세상의 모든 고통과 기쁨을 나누었고, 우리는 그런 관계에 대해 조금도 의심하지 않았다. 우리 셋의 삶은 늘 고달프고 아팠지만, 그 고통 속에서 서로를 의지하며 버티고 있었다. 그날도, 친구들이 불러 모인 순간부터 뭔가 큰일이 벌어질 것 같았다.

"야! 충만아, 재경아! 내일부터 우리 집으로 오전 10까지 와!"

상만이의 목소리는 언제나처럼 단호하고 강렬했다. 하지만 그 목소리 속에서 나는 약간의 불안도 느낄 수 있었다. 상만은 무언가 중요한 일을 계획하고 있었고, 그 일이 무엇일지 우리는 직감적으로 알 수 있었다.

"왜? 또 무슨 일이 있어?"

재경이 묻자, 상만은 그저 미소를 지으며 말았다. "내일 만나서 얘기하자." 그 말이 끝나자, 우리 셋은 각자의 길을 걸어갔다. 마음속에서 뭔가 불길한 예감이 스쳤지만, 그것은 곧 상만이의 집으로 향하는 길에 모든 것이 풀릴 것 같았다.

 기차를 세운 사나이

그날 아침, 우리는 각자 약속된 시간에 상만이 집에 모였다. 상만은 이미 기다리고 있었다. 그 눈빛은 조금 불안해 보였지만, 여전히 그의 태도는 확고했다.

"상만아! 무슨 일이냐?" 재경이 물었다.

상만은 잠시 침묵을 지켰다. 그러다 마침내 입을 열었다.

"사실 오늘 양정역으로 가서 일본 기차를 세울 거야."

그 말에 친구들은 잠시 말을 잇지 못했다. 상만의 계획이 단순한 일이 아니란 건 직감적으로 알 수 있었다.

"기차를 세운다고?" 충만이가 말했다. 그의 목소리는 걱정으로 가득 차 있었다. "그럼, 뭐 어떻게 할 건데? 무슨 일이 벌어질 거 같아?"

"기차를 세워서 뭐 하려고?" 재경이 의문을 품었다.

"뭘 하려고 하는 것이 아니라." 상만은 잠시 말을 멈추고 숨을 들이켰다. "일본 사람들은 우리나라 사람들의 일자리를 뺏고, 우리를 먹고 살기 힘든 상황으로 몰아가고 있어. 그래서 이번 기회에 그들의 기차를 세워, 그들이 우리에게 해를 끼친 것에 대한 복수를 하고 싶은 거야."

충만이는 심각하게 고민을 시작했다. 기차를 세운다는 말이 무슨 뜻인지는 너무 잘 알고 있었다. 그것은 대단한 사건이 될 것이었고, 그로 인한 결과는 우리가 상상할 수 있는 것 이상의 큰 파장을 일으킬 것이다. 그리고 그것은 일본의 순사들이 곧바로 다가와서 우리를 처벌하리라는 것도 잘 알고 있었다.

"야, 상만아! 이런 짓은 불나방 같은 인생들이나 하는 거야. 우리처럼 가정이 있는 사람들이 그런 일을 하면 모든 게 엉망이 될 거야. 우리 가족은 어떻게 할 거야? 다 망가질 거야." 충만이가 격앙된 목소리로 말했다.

"그게 바로 내가 너희를 부른 이유야. 내가 기차를 세우겠지만, 너희는 그저 나를 응원해 줘. 나는 기차가 지나가는 그 순간, 선로에 나무를 쌓아서 그 기차가 멈추게 할 거야. 너희는 기차가 오기 전에 그곳에 서서 손을 흔들어줘. 그게 내가 원하는 힘이야. 그것만으로도 충분해." 상만의 목소리는 단호했고, 그 속에 결심이 서려 있었다.

재경은 상만의 말을 듣고 잠시 눈을 감았다. 그는 상만이 말하는 대로 할 수 있을지, 그리고 그 일이 성공할 수 있을지 의문을 품었지만, 결국에는 상만의 결심을 따르기로 마음을 먹었다.

기차는 단순한 교통수단이 아니었다. 그것은 일본 제국의 상징이었다. 그 거대한 철 덩어리 속에 실려 가는 것은 조선 사람들의 희망을 짓밟는 것이었다. 기차를 세운다는 것은 단지 일시적인 방해를 넘어, 조선인들의 자존심을 지키려는 강렬한 저항이었다. 상만은 그 일에 모든 것을 걸었다.

상만은 눈을 감고 상상의 나래를 펼쳤다. 기차가 세워지면 그 순간, 무엇이 달라질까? 일본의 권력자들은 분노할 것이고, 순사들은 우리를 쫓아올 것이다. 그러나 그 모든 것을 감수하면서도, 그가 원하는 것은 한 가지였다. 바로 우리 조선인들이 겪고 있는 고통을 조금이라도

 기차를 세운 사나이

세상에 알리고자 하는 마음이었다.

　상만은 그날, 양정역으로 향하는 길에 이미 자신을 다짐하고 있었다. 기차를 세운다고 해서 그 일이 끝나지 않는다. 그는 그 후에 자신이 할 수 있는 일이 무엇인지 알고 있었다. 기차를 멈추고, 그 후에는 선로에 나무를 쌓아서 모든 것을 숨기고, 그 상황을 직면하겠다는 결심이 확고했다.

　우리는 그날 밤을 지새우며 상만의 결정을 따르기로 했다. 그 순간, 내 마음속에서는 이 일이 어떻게 끝날지, 그리고 그 끝이 무엇일지를 상상할 수 없었다. 기차가 세워지면, 우리는 모두 처벌을 받을 것이고, 그 끝에는 무서운 결과가 기다리고 있다는 것을 알고 있었다. 하지만 그럼에도도 불구하고, 우리가 해야 할 일이라고 생각했다.

　그날 밤, 상만은 나무를 준비하고, 기차가 지나갈 선로를 점검했다. 우리는 그의 옆에서 무언가 할 수 있는 일이 있을까 고민했다. 그러나 결국, 상만이 말한 대로 우리는 그저 손을 흔들며 그가 계획한 대로 따라가기로 했다.

　"기차를 세운다…. 그것만으로도 우리 조선인들이 조금은 희망을 가질 수 있을 거야." 상만은 말하며, 한숨을 쉬었다.

　그리고 그날, 기차는 세워졌고, 우리의 저항은 잠시나마 세상의 귀에 들렸을지도 모른다.

격투기 대회에서 우승하다

상만이의 마음속에는 자기가 죽더라도 어떻게든 일본 놈 한 놈이라도 더 패 주고 죽겠다는 야욕이 차올랐다. 김천역에서 끌려가 3일 동안 죽도록 맞으면서도 똥통에 던져졌던 그가 아니던가. 그 지옥 같은 고통 속에서도 살아남았으니, 이젠 두려워할 것도 없었다. 그는 피 묻은 주먹을 불끈 쥐고, 절대로 죽지 않고 반드시 복수하리라 다짐했다. 어차피 일본 순사들에 쫓기는 신세로 살아야 한다면, 모기 같은 인생이라 할지라도 놈들 한 명이라도 더 물어뜯고야 말리라.

그런 상만이에게 어느 날 친구 한 명이 귀띔했다.

"야, 대구에서 격투기 대회가 열린단다. 시민운동장에서 체급별로 겨루는 큰 대회라더라. 상금도 꽤 크다고 하던데, 한번 나가 볼 생각 없냐?"

격투기 대회라. 상만이의 가슴이 요동쳤다. 그는 어린 시절부터 주먹질에 능했다. 동네에서 싸움질로 그를 당해 낼 자가 없었고, 일본 순사들과 맞서 싸우며 얻은 실전 경험도 많았다. 놈들을 때려눕혔을 때의 그 짜릿한 쾌감이 다시 떠올랐다. 이거 한 번 해볼 만한 일이었다.

체급별 매통 격투기라 무조건 이겨야 했다. 어떻게든 이기고 올라가야 한다. 매통이라는 말은 100kg 이상 80에서 100kg, 60에서 80kg 이 세 체급이 겨루는 것을 말한다. 상만이는 60에서 80kg 사이다. 하지만 문제가 있었다. 대구까지 가는 길이 문제였다. 이 시절 교통이란 것이 변변치 않아 걸어서 밤낮 사흘을 가야 했고, 먹고 자는 것도 문제였다. 숙박비가 없으면 길바닥에서 자야 할 판이었다. 게다가 대회 참가비와 체재비까지 생각하면 만만치 않은 금액이었다. 가 보려고 해도 뭐 뾰족한 수가 없었다. 1, 2, 3등 등수에만 들면 경비는 뽑을 수 있는데 어쨌든 침이 꿀떡꿀떡 넘어가는 대회인 것은 틀림없었다. 어떻게 해서라도 경비를 마련해 격투기에 참석하고 싶었다. 상만이는 마음을 굳혔다. 방법은 찾아내면 되는 법이다. 그는 친구 두 명과 머리를 맞대고 경비를 마련할 방도를 논의했다. 두 친구는 상만이보다 살림이 넉넉했기에 그나마 방법을 찾을 수 있었다. 삼 일 밤낮을 머리를 싸매고 고민한 끝에, 마침내 필요한 경비를 마련할 수 있었다.

일주일 후, 단벌옷을 걸치고, 작은 보따리 하나를 짊어진 채, 세 사람은 대구로 향했다. 먼 길을 걸어가는 동안 상만이는 다짐했다. 이 대회에서 반드시 우승해서 상금을 타고, 그 돈으로 다시 한번 놈들과 싸울 준비를 하리라. 드디어 도착한 대구 시민운동장은 그야말로 인산인해를 이루었다. 격투기에 대한 사람들의 열기는 대단했다. 체급별로 치러지는 경기에서 상만이는 60kg급에 속했다. 총 50명이 참가했으며, 1대1로 겨뤄 승리한 자만이 다음 라운드로 올라갈 수 있었다.

50명에서 25명이 선발된 후 1대1로 붙어 12명이 남는다. 짝이 안 맞는 사람은 운 좋게도 부전승이다. 이후 6명으로 줄고 상만이는 2명만 남은 결승에 오른다. 이 정도만 해도 경비는 충분히 뽑을 수 있어서 우리 3명은 너무 기뻐 정신줄을 놓고 덩실덩실 춤을 추었다. 한 번의 실수도 용납되지 않는 싸움이었다. 상만이는 강한 집중력을 발휘했다. 경기가 시작되자마자 상대의 움직임을 읽고, 번개 같은 주먹 한 방을 날렸다. 그의 주먹은 빠르고 강력했다. 상대의 목덜미를 후려치자, 상대 선수는 그대로 무너졌다. 이어서 전광석화처럼 돌려차기를 날려 상대를 완전히 제압했다. 상대는 그대로 링 위에 쓰러졌고, 심판이 그의 팔을 번쩍 들어 올렸다.

"승자! 이상만!"
관중석이 떠나갈 듯한 함성이 울려 퍼졌다. 사람들은 감탄했다.
"야, 저 조센징 대단한데? 저건 싸움의 천재야!"
"어떻게 상대방이 숨 쉴 틈도 없이 일격에 끝낼 수 있지? 저 조선 녀석, 격투기 선수 중에서도 최고의 선수야!"

경기는 너무나 짧고 강렬하게 끝났다. 관중들은 한편으로는 속이 시원하면서도 아쉬워했다. 더 오래 보고 싶었지만, 상만이의 압도적인 실력 앞에 경기가 순식간에 끝나 버렸기 때문이었다. 3,000여 명의 관중들의 한 맺힘은 풀어 줬으나 상만이의 속은 편치 못했다. 조센징 파이팅하는 소리가 귓전을 계속 울렸다. 상만이는 우승을 차지했다. 그

                                          기차를 세운 사나이

의 이름이 불리자, 관중들은 더욱 큰 환호성을 질렀다. 그리고 그의 손
에는 큼지막한 상금이 쥐어졌다. 당시 황소 한 마리만 있어도 부자라
불리던 시절이었다. 상만이는 그 돈으로 황소 한 마리를 살 수도 있었
지만, 대구에서 황소를 끌고 올 수도 없고, 차에 실어 올 수도 없어 대
신 돈으로 바꿔 엽전 수십 냥을 손에 넣었다. 그는 상금을 들고 친구들
과 함께 기쁨을 만끽하며 귀향했다. 고된 여정 끝에 집에 도착한 상만
이는, 이튿날 친구들에게도 섭섭지 않게 상금을 나눠 주었다. 그리고
주막집에 들러 거나하게 술을 마셨다. 마침내 그는 모든 긴장을 풀고
깊은 잠에 빠졌다. 그것은 그가 태어나서 처음으로 경험하는 꿀잠이
었다.

　하지만 상만이는 여기서 멈추지 않았다. 그의 머릿속에는 늘 그를
구해 준 두 명의 조선인이 떠올랐다. 일본 순사에 잡혀 뒤주에 갇혔던
그때, 죽을 위기에 처한 자신을 구해준 두 명으로 조선인 보초, 목숨을
걸고 자신을 풀어 주었던 그들에게 어떻게든 보답해야 한다고 그는
다짐했다. 죽을 때까지 그 고마움을 잊지 않겠노라고, 반드시 찾아서
은혜를 갚겠노라고 맹세했다. 그렇게 그는 두 사람을 찾아 나섰다. 수
소문 끝에 열흘 후, 마침내 소식을 들었다. 자신을 풀어 주었던 두 사
람도 일본 순사들의 눈을 피해 도망쳤다는 것이었다. 그들의 행방은
알 수 없었지만, 상만이는 그들이 무사하길 바랐다. 그 후 몇 년이 지
나, 운명처럼 그들과 다시 만나게 되었다. 상만이는 두 사람을 친형제
처럼 모셨다. 명절이면 서로 선물을 주고받으며 인연을 이어 갔다. 그

들은 상만이의 마음속에서 단순한 은인이 아니라, 운명이 엮어 준 형제였다. 그리고 그때부터, 상만이의 싸움은 더욱 치열해졌다. 그는 단순히 복수에 목마른 사내가 아니라, 조선을 위해 싸우는 전사가 되었다. 그의 주먹은 단순한 분노의 주먹이 아니라, 조국의 독립을 향한 뜨거운 염원이 깃든 것이었다.

아버지가 조선인들을 위해 했던
여러 가지 일들

한 마을, 한 골목길에서 일어난 사건은 그때 그 시대의 고통과 압박을 고스란히 드러내고 있다. 상만, 그의 이름은 이제는 너무나 유명하다. 그 이름을 아는 이들이 얼마나 많았는지, 동네 사람들은 여전히 그를 기억하고 있다. 그가 한 일들은 단순한 용기가 아니라, 조선인으로서의 자긍심과 함께, 자신의 삶과 동료들을 지키기 위한 치열한 싸움이었기 때문이다.

동네 청년들을 위한 싸움

어느 날, 상만은 우연히 동네의 한 청년이 일본 청년들에게 아무런 이유 없이 맞고 있는 장면을 목격하게 되었다. 그 청년은 억울함을 억누르며 고통스러워하고 있었다. 일본인 청년들은 그를 마구 때리며 웃음을 터뜨렸다. 그때 상만의 심장은 울렁였다. "이런 건 용납할 수 없다!" 그는 머뭇거리지 않고, 자신을 향해 고통스러워하는 청년에게 달려가 말을 꺼냈다. "이놈들, 니들 뭐야?!" 상만은 일본 청년 3명을 모조리 두드러 패며 청년을 구해 냈다.

싸움이 끝난 후, 동네 청년들은 감사의 마음을 담아 상만에게 쌀 두 말을 들고 찾아왔다. "이건 보답의 의미로 받아 주세요." 하지만 상만은 그들이 가져온 쌀을 거절하며 말했다. "내가, 이 쌀을 받으려 했던 게 아니다. 그저 내가 해야 할 일을 했을 뿐이다." 그러나 청년들은 상만의 거절을 물리치고, 결국 쌀을 받아들였다. 상만은 이 쌀을 친구들에게 나누어 주고, 남은 일부는 집으로 가져갔다.

그날, 동네 사람들은 그가 진정한 의리의 사나이임을 다시 한번 느꼈다. 그는 물질적인 보상보다 더 큰 가치를 지닌 마음을 갖고 있었다. 그의 의리는 단순히 싸움에서 승리하는 것이 아니라, 사람들의 마음을 이어 주는 것이었다.

아낙네를 구한 상만

또 다른 사건은 상만이 또 다른 용기와 의리를 발휘한 순간이었다. 어느 날, 인근 마을에서 일본 청년 3명이 한 아낙네를 희롱하며 뭔가를 뺏으려는 장면을 목격한 것이다. 아낙네는 일본인들이 잡고 있는 것을 뺏기지 않으려 애쓰고 있었다. 상만은 이를 참을 수 없었다. "야, 쪽발이 새끼들! 너희들 죽을래?" 그는 달려가서 아낙네를 지키기 위해 일본 놈을 2단 옆차기로 강하게 가격했다. 그 일본 놈은 순식간에 일자로 쓰러지며 그 자리에서 기절했다. 함께 있던 동료들은 깜짝 놀라며 도망갔다.

그러나 그들이 도망치자마자 일본 순사들이 달려왔다. 이 시대의 순사들은 칼을 차고 다니며, 조선인들은 그들을 피하며 살아야 했다. 일본 순사가 지나갈 때마다, 조선인들은 그저 움츠러들며 그들의 눈길을 피해 다녔다. "순사 온다!"라는 말은 아이들에게나 어른들에게나

기차를 세운 사나이

두려움의 대상이었다. 상만도 순사들을 두려워하지 않던 그중 하나였다.

하지만 그가 지나간 길에 따라왔던 일본 순사들은 상만을 체포하려 했고, 결국 그는 3일 동안 구류되었지만, 그가 쌓아 온 의리와 용기는 단 한순간도 꺾이지 않았다.

일본 청년들과의 대립

또 다른 사건에서는 상만이 일본 청년 3명이 달구지를 타고 가는 장면을 목격했다. 그들은 소가 힘에 부쳐 달구지를 억지로 끌고 있었고, 그 모습을 보던 달구지 주인은 속으로 불만을 품고 있었다. "이놈들, 소가 힘들어 죽겠는데…." 상만은 이를 그냥 지나칠 리가 없었다. 그는 일본인들이 타고 있던 달구지를 멈추게 하고, 소를 구하는 것이 자기 일이었다.

"야! 쪽발이 새끼들, 내려!" 상만이 고함을 지르며 그들에게 다가갔다. 일본 청년 3명은 상만을 보고 고개를 갸웃했다. 그중 가장 센 놈은 상만을 향해 주먹을 휘두르기 시작했다. 그러나 상만은 싸움의 천재였다. 그는 재빠르게 그놈의 목을 잡아 비틀었고, 30초 만에 그를 KO 시켰다. 나머지 두 명은 상만의 속도를 따라가지 못하고 쓰러졌다. 상만은 그들을 한마디로 내쫓으며 말했다. "너희들, 빨리 꺼져!" 번개처럼 도망치는 일본 청년들을 보며 상만은 속으로 웃음을 터뜨렸다.

이 사건도 마찬가지로, 상만이란 존재가 얼마나 강하고 의로운 인물인지를 보여 주었다. 그는 단순한 싸움의 기술을 넘어, 자기 민족을 지키기 위한 투지와 용기를 가지고 있었다.

이제 상만은 단순한 동네의 청년을 넘어, 지역사회의 지킴이가 되었다. 그는 일본인들이 많이 살고 있는 동네를 집중적으로 다니며, 조선인들을 보호하는 역할을 자발적으로 맡았다. 누가 시킨 것도 아니었고, 보수를 받는 것도 아니었다. 그는 자신의 자존심과 조선인의 명예를 지키기 위해, 그가 할 수 있는 모든 일을 다했다. 상만의 지킴이 역할은 12개의 마을에서 인정받았고, 그의 이름은 어느 곳에 가든지 전해졌다.

상만은 그의 시대에 살았던 수많은 사람들에게 기억될 만한 인물이었다. 그는 단순히 용감한 전사가 아니었다. 그는 진정한 의리의 청년, 홍길동과 같은 인물이었다. 상만은 언제나 자기 동료를 지키기 위해 싸웠고, 누구보다도 강한 의지를 보여 주었다. 그가 한 모든 일들은 단순한 싸움이나 갈등을 넘어, 그의 민족과 그 시대를 위한 투쟁이었다.

"상만이, 그 의로운 청년." 마을 사람들은 그렇게 말하며 그의 용기와 의리를 칭찬했다. 일본의 억압 속에서도, 그는 절대로 무릎 꿇지 않았다. 그가 살아온 길은 언제나 외롭고 고통스러웠지만, 그의 의리와 용기는 절대로 꺾이지 않았다. 그가 지켜낸 것은 단지 사람들의 목숨뿐만이 아니라, 민족의 자긍심과 그 시대를 살아가는 이들의 희망이었다.

　　　　　　　　　　　　　기차를 세운 사나이

똥통에서 탈출하고
갖은 고문에서 살아남고

공중화장실 똥통에서
기적적으로 탈출하다

상만이는 기차를 세우겠다는 열망으로 일본 순사들의 눈을 피해 가며 목숨을 건 싸움을 벌이다 결국 잡히고 말았다. 순사들의 손에 붙들린 그는 양정역에서 김천역으로 끌려가는 내내 피투성이였다. 잡힌 자리에서부터 일본인 순사들은 그의 온몸을 두들겨 패며 그에게 공포와 굴욕을 심어 주려 했다. 손과 발은 단단히 묶였고, 마치 물건처럼 취급되며 기차에 실려 김천역으로 끌려갔다.

김천역에 도착하자마자 기다리던 역원들이 그를 마치 짐짝처럼 창고에 내던졌다. 그곳에서 그는 또다시 구타를 당했다. 주먹과 발길질이 날아들 때마다 상만이의 몸은 휘청거렸고, 쓰러져도 그들은 멈추지 않았다. 창고 안은 어두컴컴했고, 그의 신음소리는 벽에 부딪혀 공허하게 퍼졌다. 그러고는 단단한 자물쇠로 창고 문이 닫혔다. 어둠 속에서 상만이는 의식을 잃고 말았다.

일본 순사들에게 조선 사람의 생명은 한낱 먼지와 다를 바 없었다. 며칠 밤낮을 굶기고 두들겨 패는 것이 일상이었다. 그들에게는 그것이 죄책감 없는 놀이에 불과했을지도 모른다. 상만이는 결국 창고에

기차를 세운 사나이

서 끌려 나와 공중화장실 똥통에 던져졌다. 키보다 깊은 똥통에 빠진 그의 몸은 악취와 오물로 뒤덮였다. "여기서 끝인가…." 그는 기절한 상태로 똥물 속에 가라앉았다.

하지만 상만이는 쉽게 죽지 않았다. 그는 기적적으로 의식을 되찾았다. 머릿속은 텅 빈 듯 멍했고, 몸은 천근만근 무거웠다. 똥물 속에서 간신히 머리를 들어 올리자, 사방은 암흑이었다. 끔찍한 냄새조차 제대로 느껴지지 않을 만큼 감각이 둔해져 있었다. '이대로 죽을 순 없어.' 상만이는 이를 악물었다. 몸을 움직이려고 애쓰며 사방을 더듬었다. 손끝에 닿는 것은 축축한 벽과 미끈미끈한 오물뿐이었다.

잠시 후, 희미하게 빛이 들어오는 작은 창문이 보였다. 그것은 똥물을 퍼내기 위해 만들어진 구멍이었다. 한 사람 정도 빠져나갈 수 있을 만큼의 크기였다. 상만이는 그 창문이 유일한 탈출구임을 직감했다. 온몸에 남은 마지막 힘을 짜내 창문 쪽으로 몸을 끌었다. 똥물이 그의 발목을 붙잡고 끌어당기는 듯했지만, 그는 이를 악물고 기어갔다. 마침내 창문에 도달한 그는 똥통에서 빠져나왔다.

밖으로 나온 순간, 찬바람이 그의 온몸을 스쳤다. 하지만 오히려 그 차가운 공기가 그의 정신을 맑게 해 주었다. "이제 어디로 가야 하지?" 그는 몸을 떨며 중얼거렸다. 그는 김천역 주변 지형을 전혀 알지 못했고, 어두운 밤에 길을 찾는 것은 불가능에 가까웠다. 어디선가 들려오는 일본 순사들의 소리를 피해 그는 근처 또랑으로 몸을 숨겼다. 똥물에 젖은 옷을 또랑물로 대충 헹구었지만, 악취는 사라지지 않았다.

시간이 흘러 새벽이 찾아왔다. 닭 울음소리가 멀리서 들려왔다. 그는 어두운 또랑 속에서 몸을 움츠린 채 새벽이 밝아 오기를 기다렸다. 날이 밝아지자, 그는 조심스럽게 밖을 내다보았다. 사람들의 움직임이 하나둘 보였고, 그는 그 틈을 타 도망칠 준비를 했다.

똥물에 절은 자신의 상태가 너무 처참했지만, 그는 멈출 수 없었다. 사람들이 주목하지 않도록 최대한 시선을 피하며 천천히 움직였다. 마침내 김천역에서 약 1km 떨어진 곳까지 도망치는 데 성공했다. 심장은 미친 듯이 뛰었고, 숨이 턱끝까지 차올랐지만 그는 멈추지 않았다.

집으로 가는 길은 너무 멀고 험난했다. 방향조차 제대로 알 수 없었다. 그는 길을 걷다가 굶주림에 지친 몸으로 농가를 찾아가 밥을 얻어먹기도 했다. 그렇게 10여 일이 지나서야 그는 집에 도착할 수 있었다.

집에 들어서자마자 그의 아내는 깜짝 놀라며 물었다. "아니, 어떻게 살아서 돌아오셨어요? 일본 순사들이 당신 잡으러 왔다 갔어요! 또 올 거예요."

상만이는 무거운 몸을 간신히 의자에 앉히며 말했다. "밥 좀 줘. 굶어 죽겠어." 아내는 서둘러 밥을 차렸다. 상만이는 밥을 게 눈 감추듯먹어 치웠다. "이제 어떻게 하실 거예요? 순사들이 또 오면…." 아내의 걱정에 그는 고개를 저으며 말했다. "잠잠해질 때까지 숨어 지낼 거야. 이대로 끝낼 순 없으니까."

그날 이후, 상만이는 다시 몸을 숨기며 조용히 기회를 엿보기 시작했다. 하지만 그의 가슴 속에서는 다시금 기차를 세우고 일본의 철도 산업을 방해하겠다는 결의가 끓어오르고 있었다. "이번에는 절대 붙잡히지 않겠어." 그는 스스로에게 다짐했다.

강제노역으로 끌려간 북해도 탄광에서도
싸움으로 사고를 치다

북해도, 그곳은 마치 죽음과 고통이 자아내는 곳이었다. 일본의 탄광에서 강제노역하던 아버지는 이미 여러 해를 지나온 후, 고향을 떠날 때의 기억이 남아 있었다. 떠나는 그 길은 가벼운 마음으로 선택한 길이 아니었다. 일본 순사들이 집 주위를 에워싸며 조선인 앞잡이와 함께 가족을 괴롭히는 모습이 눈에 아른거렸다. 아버지는 한 번도 그런 상황을 받아들일 수 없었다. 그렇게 해서 일본으로 떠날 수밖에 없었다. 그것은 결국 강제노역에 끌려가는 길, 나쁜 일만 일어날 것만 같은 길이었다.

'여기서 더는 못 살겠어.' 아버지는 속으로 다짐하며 집을 떠났다. 그렇게 그는 일본 북해도의 탄광으로 끌려갔다. 그곳에서 무엇을 해야 할지 모르면서도 그는 속으로만 답답한 마음을 누르고 있었다. 그의 생각은 한순간의 망설임도 없이 그냥 강제노역에 끌려가기로 결심하게 만들었다. 일본으로 가는 사람들을 모집하는 소식이 들려왔다. 그러나 그 소식은 곧 강제로 붙잡아 가는 인원들에 관한 이야기로 바뀌었고, 아버지는 그 속에서 선택할 길이 없었다. 결국 그는 순사에 의해 붙잡혀 떠날 수밖에 없었다.

"그럼, 그곳에 가서 일하는 수밖에." 아버지는 마음속으로 자신에게 말하며 비록 강제로 끌려가는 길이라 할지라도 그의 마음은 여전히 한가득 미련과 상처로 가득 차 있었다.

북해도의 탄광에서 2년을 보낸 후, 그는 고향으로 돌아갈 수 있었지만, 그 기간 겪은 고통은 그의 몸과 마음에 큰 상처를 남겼다. 그의 귀국을 허락한 것은, 결국 그에게 조금이라도 덜한 고통을 준 일본 측의 미안함이었다. 그들이 지불한 뱃삯이 없었다면 그는 평생 그곳에서 길을 잃어버리고 떠돌았을지도 모른다. 그들은 일본이란 나라에서 조선인을 탄광의 지옥으로 끌어들여 억지로 일하게 했고, 그곳에서 아버지는 깊은 한숨을 쉰 채 살아갔다.

탄광에서의 생활은 지옥과 다를 바 없었다. 거친 노동과 일본인들의 잔인한 행동은 그를 점점 더 억누르며 그의 내면의 힘을 약화시켰다. 그는 몸도 마음도 지쳐 갔지만, 그곳에서 삶을 살아가야 했다. 조선인들은 그들의 발로 차고, 주먹으로 때리며, 마치 인간 이하로 취급되는 듯했다. 하지만 아버지는 여전히 굳건한 마음으로 살아가려 했다.

그렇지만, 그곳에서 평화를 찾는 것은 불가능했다. "조센징, 간나새끼야!" 일본인들이 입에 담은 말들이 아버지의 마음을 짓눌렀고, 그는 이를 참을 수 없었다. 싸움은 피할 수 없었다. 어느 날, 그는 자신의 분노를 참지 못하고 일본인들을 향해 돌진했다. 순간적으로 그는 2단 발차기, 2단 높이뛰기와 같은 무술 동작을 연속적으로 펼쳐내며 다섯 명의 일본인을 한꺼번에 제압했다. 그 모습은 마치 영웅 같았고, 탄광촌은 일순간에 난리가 났다.

"조센징이 일본 사람을 폭행해 다섯 명을 죽였다고?" 일본인들은 그 소식에 분노했다. 30여 명의 일본인이 상만이를 잡으러 달려들었다. 상만이는 그들을 두려워하지 않고, 앞선 두 명의 일본인을 한 번에 날려 버렸다. 하지만 결국 그들은 상만이를 포위했고, 그는 여러 차례 맞고 쓰러졌다. 그 후 상만이는 정신을 차리지 못할 정도로 몸을 고통 속에 방치한 채, 탄광 근처의 집으로 겨우 돌아왔다.

그의 이름은 이제 탄광 전역에 알려지게 되었다. "이상만"이라고 불리며, 그는 일본인들에게 감시받는 존재가 되었다. 그 덕에 그의 동료들은 잠시나마 평화를 얻었지만, 상만이의 일생은 여전히 많은 고통을 안고 있었다.

그의 몸은 작고 왜소했지만, 일본인들 속에서 그는 독특한 존재로 자리 잡았다. "조선인 선구자"라는 별명이 생길 정도로, 그는 일본인들 사이에서 1대1의 싸움에서 절대로 밀리지 않았다. 일본 탄광 관리 사무소는 그를 귀찮은 존재로 여겼고, 결국 그는 조선으로 추방당하게 되었다.

고향에 돌아온 아버지는 병으로 고통받았고, 그 고통은 끝내 그의 생을 앗아 갔다. 고국으로 돌아온 그는 1년 동안 병을 앓다 38세의 나이에 세상을 떠났다. 그가 남긴 것은 아무것도 없었다. 재산도, 명예도, 고생 끝에 얻을 수 있었던 평안도 모두 사라졌다.

'이런 아버지는 없는 게 더 좋았을 거야.' 그의 자식들은 그렇게 생각했을지도 모른다. 아버지는 고생만 하고 아무것도 남기지 못한 채 세상을 떠났다. 그가 떠난 자리는 빈자리만 남았고, 가족들은 아무런 희망 없이 살아가야 했다.

그럼에도도 불구하고, 그 후에 태어난 아들들은 아버지의 흔적을 닮아갔다. 아버지의 고통과 비극을 그대로 이어받은 두 아들은 붕어빵처럼 닮은 모습을 보였다. 큰아들은 끝내 죽음을 맞이했고, 작은 아들은 아직 살아 있었다. 아버지의 유산은 끊임없는 고통과 괴로움으로 이어졌고, 그들의 삶은 아버지의 그림자 속에서 자라났다.

이 이야기는 단순한 한 사람의 비극적인 삶을 넘어, 강제노역으로 이어진 가족의 운명과 그로 인한 후유증을 담고 있다. 아버지의 삶은 비록 고통과 슬픔으로 가득 차 있었지만, 그가 살아온 길은 여전히 가족들에게 큰 영향을 미쳤다. 아버지의 죽음 후에도 그들의 삶은 끊임없는 갈등과 고난 속에서 이어졌고, 이는 마치 한 세대를 거쳐 내려오는 숙명처럼 느껴졌다.

일본 놈들의 추격전, 잡히고 나서
보복의 매타작을 당하다

김천과 가은을 잇는 경북선 철도는 그 당시 사람들에게 중요한 교통수단이었다. 여객 열차도 달리지만, 그보다 더 중요한 것은 바로 화물 열차였다. 두 시간마다 탄을 나르는 이 기차들은, 많은 사람들에게 단순한 교통수단을 넘어, 생명과 직결된 존재였다. 그런데 그 기차가 지나가는 양정역, 상하행 1킬로미터 지점에서는 언제나 기차가 큰 기적을 세 번 울리며 지나갔다. 사람들은 그 소리를 들으며 기차가 지나가길 기다렸다. 그곳에 상만이가 등장한 이후로, 이 기차의 기적소리는 다르게 들리기 시작했다.

기차 기관실 안에는 보통 두 명이 한 팀이 되어 열차를 운행하고 있었다. 하지만 상만이 사건 이후로, 일본 순사들은 그 기차를 운행하는 데 있어 조심스러워졌다. 예전엔 두 명이었지만, 이제는 세 명에서 네 명의 순사들이 그 기차에 승차해 통역을 맡은 조선인 한 명과 함께 떠나게 되었다. 이 기차에 관한 소식은 이미 공검면 사람들에게 전해졌다. 그들은 상만이가 일본인들을 혼내 주고 다닌다는 소문을 듣고, 자신들도 뭔가 위험한 일이 벌어질지도 모른다는 불안감을 느꼈다.

상만이는 이 모든 것을 이미 알고 있었다. 그가 다니던 길에 기차가 멈추고, 기적이 울리지 않는 순간, 그는 직감적으로 그들이 자신을 잡으러 오고 있다는 사실을 깨달았다. 그는 생각보다 빨리 상황을 파악했다. '이건 단순한 추격이 아니야.' 상만이는 자신이 처한 상황을 냉철하게 분석했다. '이제는 내가 이길 수 없겠군.'

그 순간, 상만이는 삼십육계 중 하나인 '줄행랑'을 선택했다. 그는 도망쳐야 했다. 아니, 도망치는 수밖에 없었다. 일본인들은 이미 그를 잡을 계획을 세우고, 완벽하게 준비가 되어 있었다. 그들이 따라오는 속도는 그 누구도 따라 할 수 없는 것이었다. 상만이는 논두렁을 따라 빠르게 달리기 시작했다. 논 도깨비라 불리던 그가 이쯤 되면 당연히 뚫고 나갈 수 있을 거라 생각했다. 하지만 그의 예감은 달리기 시작한 지 10분도 채 지나지 않아 사실로 다가왔다.

일본인들이 그의 뒤를 추적하기 시작했다. 처음에는 한 명이 그를 따라잡고, 다른 두 명은 좌측과 우측에서 길을 막고 있었다. 그들은 상만이를 점점 더 좁혀 오며 추적했다. "이건 안 되겠네." 상만이는 숨이 차오르고 있었다. 그는 더욱 속도를 내야만 했다. 그러나 그는 알고 있었다. 일본인들이 그렇게 훈련된 상태로 그를 추적하고 있다는 사실을. 결국, 한 시간이 지나고 상만이는 그들의 속도에 밀려 잡히고 말았다.

그가 잡혔을 때, 상만이의 몸은 이미 지쳤고, 숨이 끊어질 듯했다. 그는 목이 조여 오는 것에 대해 아무런 저항도 할 수 없었다. "제발, 살려줘…." 그는 숨을 헐떡이며 입술을 떨며 속으로 기도했다. 하지만 일본인들은 그에게 무슨 자비도 베풀지 않았다. 그들은 그를 기차에서 내리고, 마치 그가 짐처럼 다룬 채, 길을 따라 끌고 갔다. 그들은 상만이를 폭행하기 시작했다.

"이놈, 제발 죽여 버리자!" 일본 순사들은 아무런 동정심 없이 상만이에게 매를 퍼붓기 시작했다. 그들은 돌아가며 상만이를 때리며, 자신들의 분노와 억압을 풀었다. 상만이는 그들의 폭력 속에서 단 하나의 소리, 자신의 숨결만이 귀에 들렸다. 그가 까무러치자, 일본 놈들은 그를 물로 깨우고는 다시 때렸다. 물이 얼굴에 부어지면, 잠시 깨어나곤 했다. 하지만 물이 다시 얼굴에 끼얹어지면, 그가 다시 무너지는 순간까지, 그들은 멈추지 않았다.

그들의 악행은 끝나지 않았다. 상만이는 더 이상 자신을 지킬 수 없었고, 그는 그저 무기력하게 맞고만 있었다. 일본인들은 그를 상주서로 끌고 갔고, 그곳에서 또 다른 폭력이 기다리고 있었다. 상만이는 그곳에서, 조센징이라는 이유로 차별받고, 그들의 조롱을 듣고 있었다. 상만이를 보며 순사들은 한마디로 말했다. "죽도록 맞았구면. 조센징 꼴좋다."

이처럼 상만이는 계속해서 억압과 폭력 속에서 살아갔다. 그의 몸은

　　　　　　　　　　　　　　　기차를 세운 사나이

상처로 가득 차 있었고, 정신은 그들을 피할 수 없는 상황 속에서 점차 굳어 갔다. 하지만 그 속에서도, 상만이의 눈빛은 여전히 살아 있었다. 그는 결코 이겨 낼 수 없다고 생각하지 않았다.

뒤주에 갇혀 죽을 뻔했던 상만이

종달새가 우짖고 뻐꾹새가 뻐꾹뻐꾹 울어 대는 초가을이었다. 청명한 하늘 아래, 상만이는 모처럼 밭일을 좀 도울까 싶어 괭이를 둘러메고 들길을 걷고 있었다. 햇살이 따사로웠고, 논밭에는 가을바람이 부드럽게 일었다. 어딘가에서 마을 아낙네들의 이야기 소리와 아이들의 웃음소리가 들려왔지만, 상만이의 귀에는 점점 커져 오는 낯선 발소리가 더 크게 들려왔다.

길 끝에서 검은 제복을 입은 일본 순사 두 명이 걸어오고 있었다. 그들 사이에는 한 조선인이 팔목이 줄에 묶인 채 끌려가고 있었다. 그의 모습이 마치 가을날 떨어진 낙엽처럼 위태로워 보였다. 상만이는 가던 길을 멈추었다. 아무 죄도 없는 조선인이 끌려가는 광경을 보고 그냥 지나칠 수가 없었다.

"야, 쪽발이 새끼들아! 왜 아무 죄도 없는 조선인을 끌고 가는 거야?"
상만이는 거칠게 외치며 순사들에게 다가갔다. 눈빛은 불길처럼 이글거렸다. 일본 순사들은 흠칫 놀라더니 그를 노려보았다. 하지만 상만이는 아랑곳하지 않고 계속 말을 이었다.

"도대체 무슨 이유로 이 사람을 잡아가는 건데?"

그러자 한 순사가 코웃음을 치며 조선인 통역을 향해 명령하듯 말했다.

"이 자에게 설명해 줘라."

통역은 난감한 얼굴로 입을 열었다.

"이 사람은 이웃 마을의 부농인데 공출하는 데 협조를 많이 하지 않았다는 이유로 끌려가는 중입니다."

통역의 말이 끝나자마자 상만이의 얼굴이 붉게 달아올랐다. 주먹이 부들부들 떨렸다.

"쪽발이 새끼들아! 그게 무슨 죄라고 사람을 끌고 가!"

조선인 통역사가 벌벌 떨면서 순사들에게 끌고 가는 그 조선인을 풀어 주어야 할 것 같다고 말하니 순사들이 통역인을 발로 차면서 버럭 성을 낸다.

"무슨 소리야, 이 새끼가 정말. 너, 조선인 편을 드는 거야? 같은 조선인이라서 편을 드는 거야?"

이런 못돼 먹은 악질 순사들이 조선 땅을 누비며 조선인들을 괴롭히고 두들겨 패고 하니까 조선인들은 순사들만 지나가도 소름이 돋고 온몸이 불안에 떨었다. 일제 치하의 조선인들은 일본 놈들의 노리갯감이고 그들의 심심풀이 땅콩 노릇으로 죽지 못해 살고 있었다. 의리 있고 인정 많은 상만이가 그렇지 않아도 울분을 못 참아 화풀이할 곳이 없어 분통이 터질 지경인데 이 장면을 보고 그냥 지나칠 일이 아니었다.

　상만이는 더 이상 참을 수 없었다. 번개처럼 달려들어 한 순사의 멱살을 잡고 박치기로 때려 박아 눕혔다. 순사는 비명을 지르며 나뒹굴었고, 상만이의 뒤에 있던 나머지 순사가 상만이를 붙잡으려 했다. 그러나 상만이는 재빠르게 몸을 비틀어 빠져나간 뒤 순사의 복부를 강하게 걷어찼다. 상만이는 두 순사를 때려눕히고 두 발로 짓이겨 얼굴이 코피로 엉망진창이 되도록 만들었다. 두 순사는 상만이의 기세에 눌려 그대로 기절해서 쓰러졌다. 상만이는 옆에서 겁에 질린 채 서 있던 조선인을 재빨리 풀어주었다.
　"어서 도망쳐! 저쪽 산길로 가면 사람들이 숨겨 줄 거야."
　조선인은 눈물을 글썽이며 상만이를 바라보았다.
　"고맙습니다…. 잊지 않겠습니다."
　그렇게 그는 허겁지겁 산길로 달아났다. 상만이는 짧게 숨을 몰아쉬었다. 하지만 마음속에서는 불길한 예감이 피어올랐다. 일본 순사들이 이 일을 가만히 넘기지는 않을 것이었다.

　그리고 다음 날, 불길한 예감은 현실이 되었다. 공검리 주재소가 발칵 뒤집혔고, 상주읍에서 수십 명의 일본 순사가 파견되었다. 그들은 상만이를 잡기 위해 혈안이 되어 있었다. 상만이는 일곱 날 동안 산과 들을 떠돌며 쫓겨 다녔다. 낮에는 나뭇잎 아래 몸을 숨기고, 밤에는 어

　　　　　　　　　　　　　　　　　　기차를 세운 사나이

둠 속을 걸으며 피신했다. 그러나 여덟째 날, 결국 일본 놈 간첩질을
하던 조선인 밀고자의 신고로 붙잡히고 말았다.

　일본 순사들은 상만이를 주재소로 끌고 갔다. 그들의 분노는 하늘까
지 뻗치고 분하고 억울하고 죽이고 또 죽여도 시원찮을 이상만을 마
구잡이로 구타하기 시작했다. 주먹이 날아들고, 군홧발이 얼굴을 짓
밟았다.
"이 조센징 새끼가 감히 순사를 때려눕혀?"
"네놈을 그냥 죽여 버릴 수도 있어! 어디서 감히―"
　상만이는 이미 정신이 아득했다. 온몸이 피투성이가 되었다. 그러
나 그들의 분노는 멈추지 않았다. 결국 그들은 끔찍한 형벌을 내리기
로 결정했다. 길이 2m, 너비 40cm의 나무 상자에 넣어서 숨도 못 쉬
게 만들어 죽이라는 상부 지시가 떨어졌다. 그 나무 상자는 뒤주 모양
으로 살아 있는 사람을 관처럼 가둬 죽이는 처형 도구였다. 순사들은
상만이의 팔다리를 180cm 각목으로 단단히 묶고, 그를 상자 속에 밀
어 넣으려 했다. 그 상태로 산송장이 된 상만이를 이튿날까지 주재소
앞마당에 두려는 것이었다.
　상만이에게는 그 어떤 뾰족한 수도 떠오르지 않았다. 이 장면을 바
라보고 있던 구경꾼들은 조선인, 일본인 할 것 없이 처참히 죽어 갈 상
만이의 모습만 구경할 뿐 이러쿵저러쿵할 처지가 못 되어서 그냥 구
경만 할 뿐이었다. 드디어 상만이는 일본 순사 4명의 힘으로 뒤주(나
무 상자) 안에 들려 넣어지게 된다. 아무리 발버둥을 처도 소용이 없

었다. 묶인 몸에 일본인 순사 4명의 힘은 제아무리 상만이라고 해도 당할 수는 없었다. 일본인 순사 4명이 상만이의 팔다리를 번쩍 들고 뒤주 안에 던져 버렸다. 길이 2m 되는 나무 상자 속에 그냥 묶어 놓았으면 발버둥을 쳐보기라도 할 텐데 길이 180cm 되는 각목 2개를 상만이의 신장(팔, 목, 몸, 넓적다리, 종아리) 다섯 곳을 묶었으니 어찌 몸부림칠 수 있었겠는가. 참으로 불쌍하고 가련한 신세가 된 상만이를 누가 도와주겠나. 하늘이 돕지 않는다면 반드시 이 난처한 상황을 벗어나지 못할 판이었다.

뚜껑이 덮이며 어둠이 찾아왔다. 숨이 턱 막혔다. 나무 틈 사이로 아주 작은 빛만이 들어올 뿐이었다. 밖에서는 망치질 소리가 울려 퍼졌다. '쾅! 쾅! 쾅!' 못이 박히고 있었다. 그 순간, 상만이는 절망 속에서 외마디 비명을 내질렀다. 그러나 그의 목소리는 두꺼운 나무판자에 막혀 바깥으로 새어 나가지 못했다.
'여기서 이렇게 죽는 건가…?'
숨이 점점 가빠졌다. 공기가 점점 희박해졌다. 몸을 움직이려고 했지만, 팔다리는 단단히 묶여 있었다.

관 속에 누운 상만이는 관 속에 눕고 싶어서 누운 것이 아니라 강제적으로 사형 집행이라니 참으로 원통할 일이었다. 일본 순사 윗대가리는 상만이를 안에다 넣고 못을 박은 뒤 건물 창고 뒤에 내버려뒀다가 내일 아침 9시에 불태워 버리라고 했다. 일본 놈들은 순사 장작개

     기차를 세운 사나이

비를 높이 1.5미터, 넓이 지름 2미터 쌓아 놓고 불을 놓을 준비를 해 놓고 있었다. 상만이가 들어간 관뚜껑은 못을 박는 사람이 못을 꽂아 놓고 망치로 두드려 박을 때 못 박는 소리가 얼마나 크게 들리는지 상만이는 그대로 기절했다.

그렇게 시간이 흘렀다. 차가운 밤공기가 찾아왔다. 그러나 상만이에게는 그저 고통스러운 시간이었을 뿐이었다. 온몸이 저리고, 숨이 가빠졌다. 그는 점점 의식을 잃어 갔다.

그때였다.

희미하게 들려오는 목소리.

"조용히 해. 들키면 우리도 죽어."

그 순간, 상자를 열려는 작은 손길이 느껴졌다. 상만이는 눈을 감은 채 필사적으로 숨을 골랐다. 누군가가 망치를 이용해 못을 조심스럽게 빼내고 있었다. 얼마 지나지 않아 뚜껑이 조용히 열렸다. 어둠 속에서 조선인 보초 두 명이 상만이를 바라보고 있었다.

"어서 나와. 시간이 없어."

그들은 상만이의 묶인 팔과 다리를 풀어 주고, 손에 주먹밥 두 덩이를 쥐어 주었다.

"이거 먹으면서 도망쳐. 저쪽 길로 가면 안전할 거야."

상만이는 그들의 얼굴을 똑똑히 새겼다. 말로 다할 수 없는 감동이 밀려왔다.

"고맙습니다…. 정말 고맙습니다."

그는 떨리는 손으로 주먹밥을 움켜쥐고, 죽음의 문턱에서 벗어나기 위해 힘겹게 한 발짝을 내디뎠다. 그리고 그날 밤, 그는 다시 자유를 향해 달렸다. 그러나 그의 마음속에는 영원히 잊지 못할 이름 모를 두 사람의 얼굴이 깊이 새겨졌다. 그들은 어디로 갔을까? 무사할까? 그는 언젠가 반드시 그들을 찾아 감사의 인사를 전하고 싶었다. 하지만 그 기회는 끝내 오지 않았다.

일본 놈들의 방패막이로 헌신한 청년,
의리와 용기의 아이콘

그날, 상만과 그의 동료들은 기차선로를 따라 천천히 진행되던 계획을 실현하려 했다. 첫날, 그들은 손에 도끼를 들고 하나씩 소나무를 자르기 시작했다. 이 작은 작업들이 결국엔 큰 물리적 저항을 만들 수 있을 것이라 믿었다. 소나무를 자르고 자른 뒤, 그것들을 선로 위에 쌓아 놓았다. 고요한 고요 속에서, 기차가 다가오는 소리가 들리기 시작했다. 기차는 기적을 울리며 다가왔고, 상만이와 그의 동료들은 그들의 계획이 제대로 작동할 것이라 기대했다.

하지만 기차는 그들의 기대를 저버렸다. 기차는 그저 기적을 울린 후, 소나무를 밀어내고 아무렇지 않게 지나갔다. 그들은 실망했다. 그러나 그들의 의지는 꺾이지 않았다. "계속 해야 해. 이건 시작일 뿐이야." 상만은 그들에게 말했다. 그들은 다시 힘을 합쳐 다음 계획을 세우기로 했다.

두 번째 시도는 장작을 이용하는 것이었다. 상만이와 그의 동료들은 마을에서 장작을 모았다. 무겁고 뻣뻣한 나무들이었지만, 그들은 각각 지게에 나무를 한 짐씩 지고 2차 선로에 쌓아 놓았다. 그들은 이제 자신감을 얻었다. "이번엔 제대로 되겠지!" 그렇게 생각하며 기차를 기다렸다.

멀리서 기차가 다가오는 소리가 들렸다. 기관사는 이번엔 더욱 경계할 것이라고 기대했지만, 기차는 여전히 그저 기적을 울리며 지나갔다. 기차는 장작더미를 밀어내고, 아무 일 없다는 듯 지나갔다. 이번에도 그들의 계획은 실패했다. 그러나 상만은 미소를 지으며 말했고. "이게 끝이 아니야. 이번엔 더 큰 거를 준비해야지."

그들은 세 번째 시도로 짚단을 이용하기로 했다. 마을 근처에서 짚을 구해 와서, 수십 단을 쌓아 선로에 놓았다. 짚단은 기차에서 보면 분명히 커다란 물체처럼 보일 것이다. 기차가 다가오자, 기관사는 짚단을 발견하고 눈을 크게 떴을 것이다. 그들은 그것이 기차를 멈출 수 있기를 바랐다.

하지만 그들의 예상은 또다시 빗나갔다. 기차는 기적을 울리며, 짚단을 아무렇지 않게 밀어내고 지나갔다. 상만이와 동료들은 다시 한번 좌절감을 느꼈다. "이제 진짜 마지막이다." 상만이 말했다. "이번엔 큰 돌을 놓자."

그들은 큰 돌을 선로에 놓았다. 그들이 선택한 돌은 크고, 무겁고, 기차가 멈출 수 있을 정도로 큰 것이었다. 기차가 다가왔을 때, 기관사

　　　　　기차를 세운 사나이

는 브레이크를 밟으며 기차를 멈췄다. 기차는 멈추었고, 기관사는 두 명의 동료와 함께 기차를 세운 뒤, 상만이와 그 일행을 향해 달려왔다.

그들의 일행은 당황했다. 상만은 큰길에서 벗어나려고 했지만, 두 명의 일본 놈들이 그를 추격하고 있었다. "잡히면 끝장이야!" 상만은 동료들에게 소리쳤다. "도망쳐! 모든 걸 버리고 뛰어!" 그들은 전력을 다해 달리기 시작했다. 힘든 발걸음을 떼며, 그들은 4Km를 달려야 했다. 결국, 일본 놈들은 그들을 추격하다 지쳐 돌아갔다. "우리 살았어!" 상만은 그제야 숨을 고르며 외쳤다.

그러나 그들이 다시 고향으로 돌아갔을 때, 또 다른 기차가 다가왔다. 그 기차는 마치 역전의 정거장에서 멈추듯이 잘도 섰다. 이번에는 완벽하게 준비된 청년들이 기차에서 내렸다. 그들은 빠르고 강한 몸을 가진 젊은 역무원들이었고, 상만이와 그 일행을 쫓기 위한 특별한 작전이 시작되었다.

30분 후, 상만이 일행은 결국 체포되었다. 그들은 김천역 조사실에 끌려가 3일 동안 구류됐다. 상만은 100대, 충만은 50대, 재경은 또 50대를 맞았다. 상만은 그 3일 동안 여러 차례 기절했고, 그 고통 속에서 자신의 의지를 굳건히 다지기로 했다. "이게 끝이 아니야." 그는 자신에게 다짐했다.

상만은 단순한 청년이 아니었다. 그는 의리와 예의를 중시하는 사람이었다. 마을 사람들에게 그는 종종 의적, 일지매와 같은 별명을 얻었다. 일본 순사들은 그를 "홍길동"처럼 여겼고, 그는 그들 사이에서 골칫거리였다. 상만은 어디로든 나타났다 사라지곤 했고, 그의 행선지는 아무도 알지 못했다. "상만이는 언제 어디서나 나타날 거야." 마을 사람들은 그를 이렇게 말했다.

상만은 작은 체구에도 불구하고, 그의 용기와 의리는 그 어떤 대단한 인물보다도 더 강하게 빛났다. 그는 동네 사람들에게는 수호신과 같았고, 일본 놈들에게는 두려운 존재였다. 그는 언제나 의리와 예의를 지키며 살아갔다. 그는 타인의 고통을 외면하지 않았고, 필요할 때마다 기꺼이 그들을 도와주었다.

그는 진정한 청년이었다. 그에게 있어서 의리란 단순한 말이 아니었다. 그것은 삶의 철학이자, 행동으로 실천하는 신념이었다. 일본 놈들이 방패막이 역할을 요구할 때, 그는 자신의 몸을 던져 그 역할을 감당했다. 그것이 바로 상만이였다. 그가 가는 곳마다, 그의 이름은 사람들 사이에서 회자되었고, 그의 이야기는 전해졌다. "상만이, 그 의로운 청년." 그렇게 말하며 사람들은 그를 기억했다.

그의 삶은 결코 쉬운 길이 아니었다. 그러나 그는 언제나 용기 있게 그 길을 걸어갔다. 일본의 억압 속에서도, 그는 절대로 무릎 꿇지 않았

　　　　　　　　　　　　　　　기차를 세운 사나이

다. 상만이의 이야기는 그의 시대를 살아갔던 많은 사람들에게 희망
과 용기를 주었고, 그의 이름은 오랫동안 기억될 것이다.

김천역에서 잡혀
고문이라는 고문은 다 받았던 이야기

상만이는 그날도 평범하게 기차를 세우고 있던 순간, 일본 순사들에게 잡히고 말았다. 그는 일본 역원으로 지원했던 이들에게 붙잡혀 김천 주제소로 끌려갔다. 일본 순사들의 차가운 눈빛 속에서, 상만이는 점차 자신이 무엇을 해도 피할 수 없다는 것을 깨달았다. 그들 앞에서 어떤 이유도, 어떤 변명도, 어떤 항변도 통하지 않았다. 상만이는 단지 그들이 지시한 대로만 움직였다.

그런데 그날 이후, 그의 몸은 살아있지만, 그의 정신은 고통의 무게에 눌려 죽은 듯한 상태였다. 순사들에게 붙잡힌 상만이는 김천역 창고로 끌려갔고, 그곳에서 3박 4일 동안 악몽 같은 고문을 당했다. 그 고문은 단순히 육체적인 고통을 넘어, 그의 영혼을 찢어 버릴 듯한 강렬한 절망을 남겼다.

"그날 밤, 내 몸은 죽어 갔습니다. 하지만 정신은 그 속에서 끝까지 살아남으려고 싸웠죠." 상만이의 목소리는 잠시 멈췄다. 그가 그 고통 속에서 느꼈던 모든 감정이 한순간에 떠오른 듯, 그의 얼굴이 일그러졌다. 그는 말을 이었다.

"그들은 나를 이리저리 차고, 때리고, 발로 걷어차며 아무렇지도 않게 대했어요. 몸이 쑤시고 피가 나도록 맞았지만, 그들의 얼굴은 하나같이 차가웠어요. 그게 제일 무서웠죠. 아무 감정 없이 나를 이렇게 다루다니, 그런 사람들 앞에서 내 몸은 단지 물건에 불과했던 거죠."

순사들은 그를 포승줄로 꽁꽁 묶고, 고문을 계속했다. 전기 고문, 손바닥으로 맞고, 수차례 발로 차여도 그들은 그의 고통을 즐기기라도 하는 듯했다. 그는 발을 차고, 손으로 뺨을 때리며, 가끔씩 지나가는 놈들까지도 그를 괴롭혔다. 상만이의 몸은 점점 더 상처투성이가 되었고, 정신은 그야말로 파괴될 지경에 이르렀다.

"그 순간, 내가 뭘 잘못했는지 생각했어요. 왜 내가 이렇게까지 고통을 받아야 하는지… 그들이 내게 그렇게 해도, 나의 몸은 계속 살아 있었죠. 하지만 그 고문 속에서 내 영혼은 점점 죽어 가고 있었어요."

상만이는 몸이 부서져도, 그 좁고 어두운 창고 속에서 정신을 놓지 않으려 애썼다. 3박 4일 동안의 고문은 그를 죽음의 문턱까지 몰아넣었지만, 그는 어떻게든 살아남았다. 그 작은 창문은, 겨우 몸이 빠져나갈 정도의 작은 틈이었지만, 상만이에게는 그 창문만큼 중요한 존재는 없었다.

"새벽닭이 울기 전에 기회를 봐야 했어요. 경비가 허술한 틈을 이용해서, 탈출할 기회를 잡아야 했죠. 그 작은 창문이 내 유일한 희망이었어요."

상만이는 그 좁은 창문으로 나갈 수 있을까 싶었지만, 그때까지 그는 이미 한계에 다다랐다. 그가 몸을 지탱할 수 있는 것은 간신히 부서진 대야 하나였다. 그 대야를 발 받침대로 삼아, 그는 조금씩 창문으로 올라가기 시작했다. 몸이 가득 찌그러진 대야 위로 발을 올리며, 그 작은 틈을 향해 몸을 굴러갔다.

"그때, 내가 살아 있음을 느꼈어요. 내가 그렇게 작은 창문을 통해 빠져나간다는 것은 나에게 주어진 마지막 기회였어요."

그리고 그 작은 틈을 넘어, 상만이는 겨우 탈출에 성공했다. 탈출은 단순한 도망이 아니었다. 그는 죽음의 그림자를 넘은 후에도, 그 후유증으로 계속해서 도망을 다녀야 했다. 하지만 그가 탈출한 후, 일본 순사들은 그의 뒤를 추적하기 시작했다. 상만이가 도망친 후, 일본 순사들은 그의 뒤를 쫓았다. 그들은 몇 개월 동안 그를 찾으려고 동네를 잠복하고, 상만이가 머물 수 있는 곳이라면 어디든지 찾아왔다. 상만이는 아무리 숨으려 해도, 그의 흔적을 놓치지 않으려는 순사들의 끈질긴 추적을 피할 수 없었다.

그는 숨겨진 집에서, 지친 몸과 정신으로 매일을 살아갔다. 하루하루가 전쟁처럼 지나갔고, 그는 언제 들킬지 모른 채 숨어 지내야 했다. 그러나 결국 그도 한계에 다다랐다.

　　　　　　　　　　　　　　　기차를 세운 사나이

"숨는 것도, 도망치는 것도 한계가 있더군요. 몸은 이미 지쳐 있었고, 마음은 더 이상 버틸 수 없었어요. 일본 순사들이 집까지 찾아왔을 때, 나는 이미 탈출할 힘도, 숨을 힘도 없었어요."

그는 결국 자수처럼 일본 순사에게 끌려가게 되었다. 징역형을 받았고, 그곳에서 강제로 일본 탄광으로 끌려갔다. 그의 몸은 이미 한계에 다다랐지만, 그는 끝까지 살아남았다.

탄광에서 2년 이상을 보내면서, 상만이는 몸과 마음이 더욱 피폐해졌다. 그의 몸 상태는 점차 악화되었고, 결국 폐병 환자로 간주되어 조선으로 추방당하게 되었다. 그는 결국 고향으로 돌아갔지만, 그가 돌아갈 곳은 더 이상 없었다. 고향은 이미 그를 잃은 자들이었고, 그가 돌아간 곳엔 아무도 없었다. 그의 마지막 생애는 짧고 고통스러웠다. 고생 끝에 결국 그의 몸은 더 이상 버틸 수 없었다. 상만이는 결국 단명으로 세상을 떠났다.

5남매를 먹여 살린 여장부, 우리 어머니

어느 부잣집 딸의 고생길

　장남석은 경상북도 상주군 사벌면 용담리, 옛 이름으로 조골이라 불리는 마을에서 태어났다. 용담리는 예부터 물이 맑고 공기가 좋은 곳이었으며, 남석의 집안은 그 마을에서 가장 부유한 가문이었다. 그의 아버지는 근면하고 부지런한 사람이었고, 어머니 또한 단아하면서도 살림 솜씨가 뛰어난 여인이었다. 그들의 재산은 넉넉했고, 집안도 명망이 높아 마을 사람들은 그 가문을 존경했다. 그런 가정에서 태어난 남석은 자연스럽게 모든 사랑을 독차지하며 귀하게 자랐다.

　남석은 부모의 보살핌 속에서 자라며 그 누구도 부럽지 않을 만큼 풍족한 유년기를 보냈다. 동네 총각들은 그의 단아한 얼굴과 고운 자태에 반해 앞다투어 호감을 표현했지만, 남석은 누구에게도 쉽게 마음을 열지 않았다. "우리 딸은 최고의 신랑감을 만나야 한다." 부모는 늘 그렇게 말했다. 그러던 어느 날, 믿음직한 중매쟁이가 집으로 찾아와 말했다.

　"상주에 명문 양반가의 총각이 있습니다. 똑똑하고 건강하며 성품도 반듯하다는데, 한번 만나 보시겠습니까?"

부모는 그 말을 듣고 기뻐하며 조심스레 딸의 의견을 물었다. 그러나 남석은 그 말에 별다른 반응을 보이지 않았다. 첫 만남에서 본 이상만은 기대와는 달랐다. 키도 크지 않았고, 첫인상도 썩 마음에 들지 않았다. 하지만 부모는 딸의 무응답을 긍정의 신호로 받아들였고, 결국 결혼을 결정해 버렸다.

결혼식 날, 남석은 화려한 혼례복을 입었지만 마음은 무겁기만 했다. '이렇게 살아도 되는 걸까….'

그러나 여자가 시집을 가면 남편을 따라 살아야 하는 것이 운명이라 여겼다. 남석은 울며 겨자 먹기로 시집을 갔다. 그리고 그날 이후, 그의 인생은 한순간에 바뀌어 버렸다.

이상만은 결혼 전에는 성품이 반듯하다고 들었지만, 실상은 전혀 달랐다. 술을 좋아하고, 노름을 일삼았으며, 도박과 주색잡기에 빠져 살았다. 하루가 멀다고 집을 나가 술에 취해 돌아왔고, 어떤 날은 몇 날 며칠씩 종적을 감췄다. 심지어 말다툼이 육탄전으로 번지는 일도 다반사였다.

"이게 내 팔자인가… 이런 남자와 평생을 살아야 한단 말인가?"

남석은 밤마다 흐르는 눈물을 닦으며 잠들었다. 하지만 어디 하소연할 곳도 없었다. 여자가 한 번 시집을 가면 친정도 함부로 찾기 어려운 법. 부모에게 편지를 써서 하소연하고 싶었지만, 그마저도 하지 않았다.

'내가 내 발로 들어온 집인데, 내 발로 나가면 흉이 되겠지….'

그렇게 참고 또 참으며 하루하루를 버텼다. 하지만 시간이 지나도 남편의 행동은 나아지지 않았다. 그럼에도 남석은 가정을 지키기 위해 모든 걸 감내했다. 그리고 어느새 아이들이 태어나기 시작했다. 첫째를 낳고, 둘째를 낳고… 그렇게 여섯 명의 아이를 품에 안았다. 아이를 낳아도 남편은 여전히 바깥으로만 돌았다. 가장은 책임은 기대할 수 없었다. 가정을 돌보지 않았었고 생계를 책임지는 것은 온전히 남석의 몫이 되었다. 남편이 하는 일이라곤 술 마시고, 도박하고, 친구들과 어울려 다니는 것뿐이었다. 생활은 점점 더 힘들어졌고, 아이들은 먹을 것이 부족해 울음을 터뜨리기 일쑤였다. 그럴 때마다 남석은 자식을 꼭 끌어안고 말했다.

"엄마가 끝까지 지켜 줄게. 우리 아이들, 절대로 굶기지 않을 거야."

그러나 운명은 그를 더욱 가혹하게 내몰았다. 남편 이상만은 지나친 술과 방탕한 생활로 인해 38세의 젊은 나이에 세상을 떠났다. 남석은 그의 죽음을 슬퍼하기보다는 덤덤히 받아들였다.

'어차피 내가 혼자 다 해 왔는데….'

그러나 남편이 세상을 떠난 후에도 삶은 나아지지 않았다. 홀로 다섯 남매를 키우는 것은 너무나도 힘든 일이었다. 낮에는 논밭을 일구고 밤에는 아이들을 돌보며 잠 한숨 편히 잘 날이 없었다. 몸은 점점 쇠약해졌고, 손은 거칠어졌다. 하지만 그는 끝까지 포기하지 않았다.

"우리 아이들만은 꼭 사람답게 키우고 말겠다."

   기차를 세운 사나이

그렇게 이를 악물고 살아가던 어느 날, 차남 종태가 월남전에 참전하겠다고 말했다. 남석의 심장이 철렁 내려앉았다.

"네가 왜 거기에 가야 하니? 엄마는 널 보낼 수 없다!"

하지만 종태는 어머니의 만류에도 불구하고 전쟁터로 떠났다. 남석은 그날 이후 매일 같이 정한수를 떠 놓고 아들의 무사 귀환을 빌었다. 밤낮으로 기도했고, 아들의 안부를 애타게 기다렸다. 그리고 결국, 기다림 속에서 남석은 점점 쇠약해져 갔다.

그는 59세라는 비교적 이른 나이에 세상을 떠났다. 자식들이 이제 막 자리 잡기 시작한 때였다. 조금만 더 살았더라면 자식들의 효도를 받을 수 있었을 텐데, 하늘도 참 야속했다.

사람들은 말했다.

"장남석은 참으로 불쌍한 여인이었다."

그의 삶은 눈물과 한숨으로 점철되었고, 사랑받기보다는 늘 희생하는 삶이었다. 하지만 그 희생 속에서도 그는 한없이 강인했다. 자식들에게 한 번도 약한 모습을 보이지 않았고, 끝까지 그들을 위해 살아갔다.

그가 세상을 떠난 후, 자식들은 어머니를 떠올리며 가슴 깊이 울었다. 그리고 그제야 깨달았다.

'어머니는 철의 여인이셨다….'

하지만 철의 여인도 결국은 한 여인이었다. 사랑받고 싶었고, 행복하고 싶었지만, 그마저도 마음껏 누리지 못한 채 삶을 마감했다. 그의 이야기는 한 여인의 기구한 삶이 아니라, 시대 속에서 홀로 강해져야 만 했던 모든 어머니의 이야기일지도 모른다. 그리고 그 이야기는 지 금도 누군가의 가슴속에서 조용히 이어지고 있을 것이다.

어머니와 나 이종태가 같이 찍은 사진

기차를 세운 사나이

어머니 장남석의
말도 못 할 고생 이야기

　나의 어머니 장남석은 아버지 이상만을 만난 이후부터 하루하루가 고통의 연속이었다. 22살의 꽃다운 나이에 결혼하고, 다섯 명의 자식까지 낳은 그는 이미 삶의 끝자락에 서 있는 것처럼 느껴졌다. 언제나 눈물과 땀으로 살아가며, 한숨을 쉬는 날이 더 많았다. 그의 마음속 깊은 곳에서는, 매일이 '죽지 못해 살고 있다.'라는 생각뿐이었다.

　'그래도 남편인데….' 남석이는 때때로 자신에게 이렇게 속삭이며, 상만이를 이해하려 했다. 하지만 그 말은 점점 더 무의미해졌다. 그저 의무와 고통의 연대가 되어 버린 이 결혼은, 마치 몸과 마음이 하나가 되어 고통의 무게를 견디는 삶처럼 느껴졌다. 상만이는 그의 행동이 어쩌면 그런 고통을 더 짓누르는 원인일지도 모르겠다고 깨닫지 못했다. 상만이는 자신의 방탕한 생활 속에서 여러 가지를 포기했지만, 남석은 그 모든 무게를 홀로 짊어지고 있었다.

　상만이는 가정을 돌보지 않았고, 항상 술판과 노름판, 싸움판에서 시간을 보냈다. 그는 남들에게는 잘 보이려고 애쓰며, 사람들에게 칭찬도 받고, 때로는 양반 자식처럼 보이기도 했다. 그러나 그런 모습은 단지 겉으로만 비쳤을 뿐, 그의 진짜 모습은 지역의 망나니, 개새끼, 소새끼라고 불릴 정도로 심술궂고 폭력적이었다. 이 모든 행동은 남석이를 더 외롭게 만들었다.

남석이의 눈에 비친 상만이의 모습은 마치 망가진 인형 같았다. 그는 매일 술을 퍼마시고, 기운이 떨어지면 집에 들어와서 잠을 잤다. 코를 골며 자는 모습은 천둥처럼 귀를 찢었다. 그때마다 남석이는 마음속에서 '죽여 버리고 싶다.'라는 생각이 들었지만, 결국 그는 그냥 숨을 참았다. "내 인생은 끝이 보이지 않아. 희망은 꿈도 못 꾸겠지." 그건 바로 남석이의 현실이었다.

그가 상만이와 함께 살아가면서, 가장의 역할을 제대로 하지 않는 남편을 보며 더 큰 고통을 겪었다. 그는 하루하루가 지옥 같았고, 그 속에서 자신이 무엇을 해야 할지 모르고 있었다. 상만이가 훔친 목화 베를 팔아서 술값을 마련하고, 그 돈으로 노름하며, 다시 집으로 돌아오는 모습은 참으로 절망적이었다. 남석이는 그를 향해 아무리 말해도 귀담아 듣지 않았다. 상만이는 그저 정신없이 술에 취해 돌아오며, 집 안에 있을 때마다 아무 말도 없이 술을 마셨다.

"너는 정말 무슨 생각을 하고 살아? 내가 이렇게 죽어 가는데!" 남석이는 속으로 이렇게 외쳤지만, 그 말이 상만이에게 전해지지 않음을 알고 있었다. 상만이는 그저 술에 취해 쓰러져 잠들었고, 남식이는 그

　　　　　　　　　　　　기차를 세운 사나이

를 바라보며 더 이상 어떤 말도 하지 않았다. 그들의 결혼생활은 더 이상 대화가 아닌 침묵의 연대처럼 느껴졌다.

남석이는 그가 나쁜 사람이 아니라는 사실을 알고 있었다. 그도 한 때는 나름의 꿈과 희망을 가지고 있었겠지만, 현실이 그를 그렇게 만든 것일지도 모른다고 생각했다. 그러나 아무리 생각해도, 그의 방탕한 삶을 바라보는 것이 너무 괴로웠다.

그가 상만이와 결혼하면서, 자신에게 주어진 삶의 고통은 고스란히 자신이 감당해야 하는 것이었다. 부모님은 그녀에게 경주이씨 양반 가문의 딸로서 결혼을 시켰고, 그녀는 결혼 후 오랜 시간 동안 자기 자신을 잃어버린 채 살아왔다. "왜 나는 이렇게 살게 되었을까?" 이 질문은 그녀의 머릿속을 떠나지 않았다.

하지만 때때로 남석이는 친정에 가서 작은 위안을 얻을 수 있었다. 친정에서는 항상 그녀를 반갑게 맞이하고, 몇 가지 음식을 나누어 주며 따뜻한 마음을 전해 주었지만, 그마저도 잠시일 뿐이었다. 그녀가 다시 집으로 돌아오면, 그곳에서 기다리고 있는 것은 술에 취한 남편의 잠든 모습뿐이었다.

"또 왔어요?" 올케언니들은 그렇게 인사를 건넸다. 그들의 찡그린 표정은 그녀를 더욱 억제하게 만들었다. 그녀는 그렇게 고통을 겪고 있었다. 외가에서도 진심 어린 위로를 받지 못하고, 다시 상만이와의 집으로 돌아가야 했기에, 그녀는 계속해서 속을 부풀리며 숨을 죽였다.

3:1 물싸움,
어머니의 수모를 복수하라

기억은 늘 여름의 한복판에서 시작된다. 뜨거운 아스팔트가 숨을 헐떡이고, 논두렁의 갈라진 틈에서는 마치 대지가 아픔을 토로하듯 금이 갔다. 30도를 훌쩍 넘긴 날씨, 그리고 그보다 더 깊은 가뭄의 그늘. 그해 여름, 사람들은 하늘을 원망했고, 논에 흐르지 않는 물을 탓했다. 하지만 그 모든 불만의 끝은 결국 이웃을 향했다. 물은 삶이었고, 생명이었고, 동시에 분노의 불씨였다.

마을 어귀, 낮은 언덕 아래 넓게 펼쳐진 평야의 중심에 우리 땅, 아니 어머니의 땅 2천 평이 있었다. 그녀의 이름은 장남석, 사십여 년을 두 다리로 땅을 일군 여장부였다. 그 땅은 단순히 논이 아니라 어머니의 땀과 피가 서린 전장과도 같았다. 그 주위를 둘러싸듯 셋의 이웃집이 자리하고 있었다. 위편엔 800평의 질경이네 땅이, 아래편엔 600평의 영신네 논이, 오른쪽엔 복삼이네 천 평의 밭이 마치 포위하듯 어머니의 땅을 감싸고 있었다.

어떤 해에는 물이 스스로 흘렀다. 제 길을 알고, 제때를 알아 논밭을 적셔 주었다. 하지만 그해는 달랐다. 복삼이네 논만 물줄기가 흐른 탓에 나머지 셋은 서로의 물길을 탐내야 했다. 위에서부터 흐르던 물은 질경이네를 지나 어머니 논으로 들어와야 했고, 그 아래로는 영신네가 기다리고 있었다. 하지만 그 귀한 물줄기를 두고 시작된 말싸움은 결국 피 튀기는 몸싸움으로 번졌다.

"물길, 우리 쪽으로 먼저 틀어 줘야 할 거 아녀, 남석이네!" 질경이의 목소리는 논둑을 타고 울려 퍼졌다. "위에서부터 순서대로 가야 하는 거 아녀!"

어머니는 억울하다는 듯 손을 허리에 얹고 외쳤다. "아이고 질경아, 너희는 위에서 물 받아 가잖니? 그럼 우리도 받아야지, 영신인 그 밑에 있으니까. 순서가 있잖니, 순서가!"

그 말은 어디로 갔는지, 영신이네와 복삼이네까지 합세하며 세 사람이 한꺼번에 어머니를 몰아붙였다. 논가에서, 밭머리에서, 물꼬를 막느냐 트느냐, 막말이 오가고 욕지거리가 날아들었다. 말싸움은 손찌검으로 이어졌고, 질경이네 남정네는 손을 뻗어 어머니의 팔을 거칠게 밀쳤다. 중심을 잃은 어머니의 몸이 논바닥으로 고꾸라졌다.

나는, 종태, 열한 살. 그날의 나는 아무것도 할 수 없었다. 멀찍이 떨어진 논둑 위에서 그 광경을 지켜봤다. 내 가슴 속에서는 뜨거운 무언가가 솟구쳤지만, 두 다리는 움직이지 않았다. 발만 동동 구르며 "엄마!"를 불렀지만, 싸움은 끝나지 않았다. 내 어머니가, 나의 유일한 가족이 진흙에 엎드려 남자들의 발 아래에서 수모를 당하고 있었다.

눈물이 뺨을 타고 흘렀다. 아니, 울고 있는지도 몰랐다. 분노와 수치심, 무력감이 교차했다. 세상이 너무 불공평했다. 왜 힘없는 여자라는 이유만으로, 왜 남자라는 이유 하나로, 어머니는 쓰러져야만 했을까. 나는 그저 말없이, 주먹을 꽉 쥐고 되뇌었다. '기다려라. 커서, 내가 반드시 복수할 거다. 엄마를 이렇게 만든 너희들, 절대 가만두지 않겠다.'

그날 이후 나는 변했다. 아니, 어쩌면 그날이 내 인생의 경계선이었다. 나는 사람을 미워하는 법을 배웠고, 강해지는 것이 무엇보다도 중요한 세상의 진실을 알았다. 싸워 이기지 않으면 빼앗기고, 짓밟히고, 무너진다는 걸 배웠다.

시간은 흐른다. 사계절이 다섯 번 바뀌고, 내가 열여덟이 되었다. 키는 175센티미터, 체중은 75킬로그램. 힘은 나의 유일한 무기였다. 마을 씨름판에서 동네 형님이니, 건달 흉내 내던 청년들이니 할 것 없이 하나둘씩 쓰러졌다. 내 어깨는 커졌고, 눈빛은 달라졌다. 아무도 더이상 나를 무시하지 않았다. 그들의 눈빛엔 경계심이 깃들었고, 어떤 이들은 나를 보고 외면했다.

그리고, 때는 왔다.
복수는 영화처럼 찰나에 이뤄지는 게 아니었다. 나는 그날의 순서 그대로, 그날 어머니를 짓밟던 이들을 하나씩 불러냈다. 복삼이네 아들부터 시작이었다. 내게 먼저 시비를 걸게 만들고, 마을 골목에서 그를 바닥에 내동댕이쳤다. 다음은 영신이네. 허세 부리던 청년을 마을 우물가에서 씨름기술로 내던졌다. 마지막은 질경이네 사내, 그날 어머니를 밀쳐 쓰러뜨렸던 바로 그 손. 그 손을 잡고 내 어깨 위로 던지듯 씨름판 위에 꽂았다. 모두가 지켜보는 앞에서, 나는 어머니의 수모를 복수했다.

동네 사람들은 웅성거렸고, 어떤 이는 통쾌하다고 했다. 그러나 그날 저녁, 가장 조용히 다가온 이는 어머니였다. 조용히 내 어깨에 손을 얹은 어머니는 한참을 말없이 바라보다가, 아주 작게 말했다.
"됐다, 종태야. 이만하면 됐다. 내 아들이 이만큼 자랐으니, 이제 더 이상 미워하지 마라."

나는 아무 말도 하지 못했다. 눈물이 났다. 다 자란 어른의 눈에서, 아이처럼 울음이 터졌다. 어머니의 말에, 그 따뜻한 손길에, 난 어쩌면 복수를 원했던 게 아니라 어머니의 미소를 원했던 것인지도 모른다.
이제 나는 어머니의 수치를, 내 슬픔을, 이 세상의 부당함을 이겨냈다. 더 이상 억울하지도, 분하지도 않았다. 나는 어머니의 아들이었다. 누구보다 강인한 여장부의 피를 이어받은, 살아남은 자였다. 그리고 어머니의 말처럼, 이젠 미워하지 않기로 했다.

개만도 못한 형,
그리고 눈물의 어머니

봄이 막 들어선 어느 날이었다. 마당 한편 감나무에는 어린잎들이 파르르 떨며 얼굴을 내밀고 있었고, 그 밑에는 바람을 맞고 있는 빈 방이 하나 있었다. 원래 그 방엔, 군에 입대한 나 종태가 있어야 할 자리였다. 장정 하나의 기운이 빠져나간 자리에는 기이할 정도로 정적이 감돌았고, 그 방을 들여다보는 어머니의 눈에서는 조용히 눈물이 떨어지고 있었다.

어머니, 장남석. 이름 그대로 장한 여장부셨다. 어린 나와 형, 그리고 가족들을 위해 젊음을 저당 잡히고 논밭에 허리를 묻으며 살아온 분이었다. 그분이 그렇게 울고 계셨다는 말을 들었을 때, 나는 군대라는 곳에서조차 울음을 참을 수 없었다. 종태, 나였다. 뼛속까지 슬픔이 차올랐다. 내가 없으면 안 될 것 같았던 그 집이, 내가 군에 간다고 그렇게 허물어질 줄은 몰랐다.

그런데 그때, 정작 형이라는 작자는 어땠는가? 개만도 못한 인간이었다. 글자 그대로 허수아비. 집안은 울고불고 뒤엉켜 있었고, 어머니는 눈물로 베개를 적셨고, 나는 머나먼 곳에서 가슴을 쳤는데, 그 형은

기차를 세운 사나이

뭐 했느냐, 객지에서 놀고먹고 있었다. 손에 흙 한 줌 묻히지 않고, 동생과 어머니가 피땀으로 농사지어 마련한 벼를 팔아 장가를 간 인간이었다. 그것도 10년 넘게 객지 생활을 했다는 자가 장가 밑천 10원도 벌지 못하고 말이다.

미운 소리라도 하지 않으면 밉지 않다던가. 그런데 이 형은, 귀신같이 사람 염장을 지르는 말을 잘도 골라서 했다. "객지 생활은 이렇게 해야 한다."며 돈을 어떻게 만든다느니, 남의 귀를 잡아끄는 말들만 골라 하니 사람들은 듣는 둥 마는 둥 했다. 한쪽 귀로 듣고, 다른 쪽 귀로 흘려보내고, 그렇게 그는 슬며시 소외되어 갔다. 그러면 입을 다물 일이지, 끝까지 앉아 연설하듯 떠들어 댔다. 무슨 사명을 띠기라도 한 듯이.

나는 입대를 앞두고도 형을 원망했다. "내가 가면 형이 그 집을 책임지겠구나." 아니, 그런 기대도 하지 않았다. 어차피 믿음이란 게 바닥난 지 오래였으니까. 그런데도 형은, 마치 기다렸다는 듯, 부산에서 상경해 우리 집 마당에 슬며시 들어섰다. 대체 누가 그를 부른단 말인가. 아무도 그를 말리지 않았다. 장남이라는 그 한마디가 면죄부가 되었고, 그는 그 타이틀 하나 들고 집안에 무임승차했다. 염치도 없었다. 부끄러움도 없었다. 그저 당연하다는 듯이 고개를 쳐들고 들어왔다.

그때 어머니는 이미 지쳐 있었고, 형수는 형을 보며 연신 혀를 찼다. "아무리 장남이라도 그렇지, 저렇게 빈손으로 와서 뭘 하겠다는 걸까." 그런데도 형은 당당했다. 농사짓겠다며 큰소리쳤고, 어머니의 금

쪽같은 경험담도 귓등으로 흘려보냈다. 말귀를 알아먹지 못하는 무식한 놈이, 농사란 걸 마음대로 했다. 그 결과는 뻔했다. 벼 30가마니가 나올 땅에서 고작 10가마니. 어머니는 말이 없었고, 나는 군에서 이 얘길 듣고도 그저 기가 막혀 말이 나오지 않았다.

그런데 형은 또 떠났다. 다시 객지로. 다시 연설을 시작했다. 실패를 이야기하는 게 아니라, 얼마나 애썼는지를 설명하며 남 탓을 했다. 그러면서도 집안의 재산에는 누구보다 민감했다. 나와 동생들이 객지에서 힘들게 번 돈으로 겨우겨우 일군 재산을, 그는 장남이라는 이름 하나로 꿀꺽 삼켰다. 노름을 하고, 도박을 하고, 논 두 필지를 팔아먹었다. 자식들에겐 뭐라고 말했을까. 삼촌들이 양보했다고 했을까. 아니면, 삼촌들이 원래 없던 것처럼 말했을까.

참으로 희한한 인간이었다. 호랑이라 해도 그를 물어가지 않았을 것이다. 아니, 썩은 고기라 삼키기조차 거부했으리라. 그런 형을 낳은 죄로, 어머니는 평생을 눈물로 살아야 했다. 남편도 일찍 여의고, 자식 하나하나에게 몸을 바쳐가며 살아온 인생이었다. 장남석, 그녀의 고생은 파도처럼 몰려와 끊이지 않았다. 아무리 파고 또 파도 끝이 보이지 않았다.

나는 지금도 가끔 그 마당을 떠올린다. 감나무 밑에 앉아, 빈 방을 물끄러미 바라보던 어머니의 눈빛. 그 속엔 내가 다 이해하지 못할 슬

　　　　　　　　　　　　　　　　　기차를 세운 사나이

품과 인내가 서려 있었다. 형은, 지금도 어딘가에서 제 입으로 자신을 변명하고 있을지도 모른다. 하지만 어머니는, 그런 그를 위해 끝까지 입을 다물고 계셨다. 어떤 말로도 자식을 저주하지 않았고, 어떤 순간에도 자식을 외면하지 않으셨다. 불쌍한 여인, 장남석. 당신은 모든 것을 바쳤습니다. 그 대가로 받은 건 배신과 오해, 그리고 고된 삶의 연속이었지만… 당신이 흘린 눈물은 결코 헛되지 않았습니다. 누군가는 기억합니다. 당신의 굳은 손, 깊은 주름, 그리고 침묵 속에서도 말 없이 전하던 그 사랑을.

어머니는 혼자 자식들 먹여 살리려고
여장부가 되었다

어머니는 늘 강한 사람처럼 보였다. 그렇지만 그 강함 속에는 아버지 없는 5남매를 홀로 키우는 깊은 슬픔과 고통이 담겨 있었다. 어머니는 언제나 나와 형, 동생들에게 웃음을 잃지 않으려 노력했지만, 그 눈동자 속에는 매일매일 삶에 대한 두려움과 불안이 가득했다.

아버지는 우리 5남매를 돌보지 않았다. 오히려 집안을 떠나, 시집 동네에서 보내던 삶은 나날이 어려워져 갔다. 어머니는 남편의 무책임함에 괴로워하면서도, 그에게 따져 묻거나 원망하는 대신, 가족을 위해 눈물을 삼키며 길을 찾아갔다. 어느 날, 어머니는 결국 떠나기로 결심했다. 시집에서 더는 살 수 없다는 것을 알았기 때문이다.

"이제는 우리가 살아갈 곳을 찾아야 해."

그렇게 어머니는 친정 동네로 이사를 결심했다. 상주군 사벌면 조골리 550번지로 이사를 오게 되었다. 그곳은 우리의 새 출발점이었지만, 또 다른 고난의 시작이기도 했다. 내 나이 5살, 동생은 2살, 누나는 8살, 형은 12살. 그 작은 집에서 일곱 식구가 한자리에 모여 살게 되었다. 좁은 방 하나에 모두가 모여 자는 날이 반복됐다. 집을 짓기 전까

　　　　　　　　　　　　　　기차를 세운 사나이

지 60일 동안 지냈다.

"우리가 이렇게 살면, 결국 어떻게 될까?"

그날마다 어머니는 자주 혼자서 그런 말을 중얼거렸다. 하지만 어머니는 그때마다 얼굴에 미소를 띠며 말했다. "힘든 것도 잠깐일 거야. 좋은 날이 올 거야." 그 말은 마치 마음을 다잡기 위해 스스로에게 하는 위로 같았다.

이사를 온 이후로 어머니는 외숙모네 눈치를 보며 5남매를 키웠다. 외할아버지가 초가집 한 채를 지어 주었지만, 그 집은 크지도 넓지도 않았다. 작은 방 하나, 큰 방 하나, 부엌, 그리고 벼를 저장하는 창고가 전부였다. 좁은 공간에서 함께 지내는 날들이 길어졌다. 그럼에도 불구하고 어머니는 우리의 얼굴에 웃음을 잃지 않게 하려고 애썼다.

어머니의 삶은 결코 평탄하지 않았다. 아버지는 아예 집을 떠났고, 어머니는 홀로 우리를 돌보며, 한 사람이라도 우리에게 충분한 밥을 주기 위해 살아갔다. 밥은 부족하고, 먹을 것은 언제나 없었다. 그때마다 어머니는 말없이 일을 하며 우리를 위해 최선을 다했다.

어머니가 결단을 내린 순간이 있었다. 바로 외할머니가 딸에게 주었던 2000평의 땅을 농사짓기로 결심한 순간이었다. 그 당시 어머니는 여장부처럼 되어야만 했다. 상남자가 되어 농사를 지으며, 남편의 부재 속에서 홀로 우리를 키워야 했다.

"이 땅이 우리가 살아갈 유일한 길이야. 이 땅에서 먹고 살아야 해."
어머니는 이렇게 말하며, 비가 오지 않으면 농사조차 지을 수 없다는
현실을 깨달았다. 농사를 짓는 데는 천수답이라는 것이었기 때문이
다. 비가 오지 않으면 그저 농사는 손에 잡히지 않았다. 가뭄이 들면,
누가 물을 주겠는가. 그때마다 어머니는 몸을 아끼지 않고, 물이 모자
라면 싸우기도 했다.

"내 논에 물이 들어와야 밥을 지을 수 있잖아. 왜 물을 돌려서 내 논
에 들어오지 않게 하냐?"
어머니는 다가오는 물이 다른 논으로 흘러가지 않도록 막았다. 그곳
에서 물싸움이 벌어졌고, 결국 어머니의 논에 물이 들어가게 되었다.
남편이 없던 어머니는 남자들과 싸워 가며 논에 물을 들여 놓았다. 그
모습은 정말 상남자처럼 보였다.

내가 10살이었을 때부터 어머니를 따라다니며 일을 도왔다. 아버지
가 돌아간 후, 어머니는 내게 이렇게 말했다. "종태야, 너는 나보다 더
잘할 수 있어. 넌 나의 큰 힘이야." 그 말을 듣고 나는 어머니의 곁에서
힘껏 일을 도왔다. 그때부터 나는 어머니의 오른팔이 되었고, 모든 농
사일에서 어머니와 함께 고군분투했다.

어머니의 손길을 떠나 본 적이 없었던 나는, 어머니가 왜 그렇게 힘
들게 살았는지 점점 알게 되었다. 어머니는 언제나 우리를 위해 모든

　　　　　　　　　　　　　기차를 세운 사나이

것을 희생했다. 그럼에도 불구하고 어머니는 늘 웃으며 말했다. "내가 이만큼 살아왔으니 괜찮다. 너희들은 조금이라도 더 나은 삶을 살아야 해."

내가 9살이 되던 해, 어머니는 나를 초등학교에 보냈다. 그때부터 나는 학교와 농사일을 병행했다. 학교를 가면, 그날이 농사철이라면 어머니는 꼭 나를 불러 일손을 돕게 했다. 나는 초등학교 졸업 후, 중학교에는 진학하지 못했다. 그 대신, 어머니는 내게 더욱 많은 일들을 시켰다. 그 당시 어머니는 나를 보며 이렇게 말했다.

"종태야, 너는 학교에 다니지 않아도 되지만, 나를 도와주는 아들이 되어야 한다. 너만큼은 남자답게 살아 줘야 해."

16살이 되었을 때, 나는 중학교에 진학할 수 없었지만, 어머니의 말처럼 항상 곁에서 일손을 돕고 있었다. 어머니는 나를 사랑했고, 나는 어머니를 위해 힘껏 일했다. 학교에 다니지 못한 나를 바라보며 어머니는 울었다. 나도 어머니를 보며 눈물을 흘렸다.

어머니의 사랑은 끝이 없었다. 어머니는 매일 같이 그 힘든 일들 속에서 우리를 키우며, 또 다른 날들을 준비했다. 고난 속에서 어머니는 끝내 우리의 길을 밝혀 주었고, 우리에게 희망을 주었다. 그 힘든 시절에도 어머니는 절대 우리에게 불평하지 않았다. 오히려, 우리의 웃음을 지키기 위해 더 많은 노력을 기울였다.

어머니가 농사를 지으며 살아가는 모습은 지금도 내 기억 속에 선명하게 남아 있다. 그 농사일 속에서 어머니는 희생하고, 웃음과 눈물을 흘리며 우리를 키워 갔다. 어머니의 삶은 결국 우리의 삶을 위한 길이었다. 어머니는 더 이상 힘든 시절에만 살아가진 않았다. 그 모든 고통을 지나, 어머니는 끝내 가족을 지켰고, 우리의 삶을 바꾸어 놓았다.

　　　　　　　　　　　　　　　　　기차를 세운 사나이

5남매를 먹여 살리기 위해
구걸도 서슴지 않았던 어머니

어머니는 하루도 쉬지 않고 살아가셨다. 자식 다섯 명을 키우기 위해 어떤 일이든 마다하지 않았다. 밥을 주기 위해서는 길거리에 나가 구걸도 서슴지 않았고, 사람들의 비웃음과 따가운 시선을 견뎌야 했다. 그때마다 어머니는 얼굴을 찡그리지 않았다. 그냥 묵묵히 지나갔다. 그 모습이 아무리 힘들어도, 우리에게는 하나의 교훈이 되었다. "너희는 절대 부끄럽게 살지 말라." 어머니는 그렇게 우리에게 늘 강한 모습을 보여 주었다.

어머니의 삶은 늘 무겁고 고단했다. 아버지가 일본으로 끌려가 강제 징용에 나가면서 가정은 더더욱 어려워졌다. 그때 아버지는 2년 만에 돌아왔지만, 돌아온 아버지는 우리가 알고 있던 모습이 아니었다. 술에 취해 있거나, 술에 의존한 생활하며 자식들에게 밥을 먹이기는커녕, 그마저도 미뤄 두고 술을 마시며 세월을 낭비했다. 그 모습에 어머니는 고통스러워했지만, 누구도 그를 대신할 수 없었다.

"왜 그런 남편을 만났을까?" 어머니는 자주 그런 말을 입버릇처럼 하셨다. 때로는 하늘을 원망하기도 했고, 때로는 자신을 탓하기도 했다.

"그냥 죽어 버리면 좋겠다고?" 어머니는 그렇게 중얼거리며 서글퍼할 때도 있었다. 그런데도 어머니는 가족을 포기하지 않았다. 우리가 굶어도, 어머니는 언제나 우리를 위해 음식을 구할 방법을 찾았다. 어머니의 마음속에는 자식들만 있지, 자신은 전혀 없었다.

어머니는 우리가 자라기 전부터 늘 그랬다. 여름에는 덥고 겨울에는 춥고, 그럼에도 불구하고 우리는 항상 힘들게 살아왔다. 어머니는 나무를 구하러 산에 가기도 했고, 겨울이 오면 마을 사람들보다 더 따뜻하게 지낼 방법을 찾았다. 이불 하나로 온 식구가 나누어 자는 날이 많았다. 그렇게 자는 날이 길어졌다. 그 이불은 우리가 가진 유일한 따뜻함이었다. 그런데, 그 작은 이불 하나에도 따뜻한 몸을 맞대고 자는 것도 부족할 때가 많았다. 그때마다 어머니는 "너희들이 추운 거 내가 안다. 하지만 내일은 더 나은 날이 올 거야."라고 말했다. 어머니는 추위에 떨면서도 그런 말을 하면서 우리를 다독였다.

가끔씩 우리 형제들은 어머니의 무명천으로 만든 옷을 보면 어색하고 쑥스러웠다. 남들이 입는 고운 옷을 보면 부러웠다. 하지만 그때마다 어머니는 우리가 부끄러워하지 않게 만들기 위해 더 많은 힘을 쓰셨다. "이 옷이 무명천이라도, 중요한 건 우리가 서로 아껴서 살아가는 거야. 부끄럽게 생각할 게 없어." 어머니는 그런 말을 하며 나와 동생들에게 항상 자신감을 심어 주셨다.

                    기차를 세운 사나이

어머니는 구걸하러 나가는 것이 늘 불편하고, 싫었다. 그러나 그 길을 걸어야만 했다. 자식들을 굶지 않게 하기 위해, 때로는 아무도 보지 않는 길목에서 구걸을 하기도 했다. "부끄럽다고?" 어머니는 그렇게 말하며 머리를 숙이지 않았다. 그 구걸 속에서 어머니는 우리가 굶지 않도록 살길을 찾았다. 그때마다 어머니의 얼굴은 희미한 미소를 띠고 있었다. 그 미소 속에서 우리는 어머니가 얼마나 고통스러워하는지를 보지 못했다.

"엄마, 오늘은 구걸을 안 가도 되지 않아요?" 형이 물었다. "오늘도 또 가야 하는 거야?" 동생이 물었다. 그때마다 어머니는 "너희가 배고프지 않으면 그게 바로 행복이야. 그리고 우리가 살길은 항상 있단다."라고 답했다. 어머니는 그렇게 우리에게 희망을 주었다.

어머니는 우리가 제대로 된 밥을 먹을 수 있게 하기 위해, 일이 많을 때는 우리의 식사도 먼저 챙겼다. "오늘은 내가 조금 덜 먹을게. 너희들이 먹어야지." 그렇게 말하며, 어머니는 자신을 희생하면서도 우리에게 더 많은 것을 주려 했다. 그런 어머니의 사랑은 우리가 자라면서 점점 더 깊이 이해하게 되었다.

어머니는 자식들의 교육에 매우 중요한 가치를 두었다. 그래서 학교에 갈 수 있도록 모든 노력을 기울였다. 하지만 우리는 가난 때문에 학교에 늦게 갔다. 내가 10살이 되었을 때야 초등학교에 입학할 수 있었다. 그러나 그의 호적은 3년이나 늦게 올라갔다. 그래서 입학을 위해서는 특별한 조치가 필요했다. 어머니는 학교에 가서 교장 선생님을 만나며 자초지종을 설명하고, 학교에 입학할 수 있도록 도왔다.

"우리 아들, 입학이 늦었지만, 꼭 학교에 보내야 합니다. 제발 도와 주세요." 어머니는 그렇게 부탁했다. 그때 교장 선생님은 나를 공민학 교에 보냈다. 공민학교는 전쟁의 여파로 학교를 못 간 아이들이 모여 공부하는 곳이었다. 그곳에서 나는 다른 학생들과 함께 공부를 시작 했다. 그의 나이가 제일 어렸지만, 그곳에서 배운 모든 것들은 그에게 큰 자산이 되었다. 어머니는 그렇게 우리를 키우기 위해 무엇이든지 하셨다. 비록 가난하고 힘든 삶을 살았지만, 어머니의 노력 덕분에 우 리는 하나하나 성장해 나갔다. 그리고 이제 우리는 어머니가 우리에 게 가르쳐 준 대로, 무엇보다 중요한 것은 사람들끼리의 관계와 사랑 임을 깨닫게 되었다.

어머니는 늘 우리에게 강한 모습을 보여 주셨다. 때로는 눈물 없이 겪어 내기 힘든 일이 있었지만, 그 모든 고통 속에서도 우리는 살아남 을 수 있었다. 어머니의 강한 마음은 우리가 자라며 더 깊이 깨닫게 되 었다. "어머니, 왜 그렇게 힘들게 사셨어요?" 내가 물었을 때, 어머니 는 그저 웃으셨다. "왜 힘들겠니? 우리가 잘 살기 위해서지."

그렇게 어머니의 삶은 끝내 우리에게 큰 가르침이 되었다. 우리는 어머니의 그 힘든 삶을 통해, 어떤 어려움도 이겨 낼 수 있다는 믿음을

　　　　　　　　　　　　　기차를 세운 사나이

가지게 되었다. 어머니의 희생은 그 어떤 것보다 값진 것이었고, 그것
이 우리의 인생을 바꿔 놓았다.

별난 아버지 밑에서 고생만 하고
여행도 못 간 우리 어무이

사람은 죽고 나서도 오래 남는다. 숨이 멎어도, 그 사람의 말투와 걸음걸이, 심지어 흘끗 내뱉은 푸념 하나까지도 시간이 갈수록 더 선명해진다. 내게 아버지 상만이는 그런 사람이었다. 떠난 지 오래지만, 여전히 내 마음 한구석을 부여잡고 놓지 않는, 나의 아버지.

상만이라는 이름 하나로는 설명이 되지 않는 사람이었다. 그는 조선 땅에서 가장 조선인 같은 사람이었고, 누구보다 일본을 증오했던 사내였다. 일제강점기 시절, 어느 동네에서건 조선 사람이 일본 놈한테 맞았다는 말만 들리면, 설령 그 거리가 백 리든 천 리든 아버지는 짐짓 걸음을 멈추지 않았다. 그날 밤 당장 짚신을 꿰차고, 밥도 물도 거른 채 달려가선, 일본 순사건 상인이건 간에 죽도록 두들겨 패고야 마는 사람이었다.

"지가 무슨 정의의 사도라도 된 줄 아는 기라."

동네 사람들은 그렇게들 말했다. 혀를 찼고, 고개를 내저었으며, 고리짝처럼 생긴 그의 낡은 외투를 흘겨보았다.

하지만 나는 안다. 아버지는 그런 욕을 먹어가면서도 멈추지 않았다. 조선의 자존심을, 억울함을, 가난을, 무지렁이들로부터 지키겠다는 외로운 의지 하나만으로 세상을 상대로 주먹을 들었던 사람.

그러나 그만큼 집 안에는 소홀했다. 어머니 장남석 여사는 늘 혼자였다. 아버지라는 존재는 집에 있되 없었고, 가장이라는 말은 그림자처럼 말뿐이었다. 장을 보러 나갈 때도, 겨울 땔감을 나를 때도, 자식들이 열이 펄펄 끓을 때도, 어머니는 혼자였다. 마을 어귀를 돌아오는 길에 종종 나지막이 내뱉으셨다.

"니 아부지는 또 어디서 싸움질이고…. 싸움은 내하고 좀 해 주지…."

그 말은 원망이자 농담이었고, 한편으론 외로움이었다. 그 외로움 속에서도 어머니는 남편을 원망하지 않았다. 아니, 하셨을지도 모른다. 그러나 그보다 큰 것이 '이해'였고, 또 '체념'이었으리라.

나는 아버지의 뒷모습을 잘 기억한다. 군살 하나 없이 마른 몸, 바지 끝을 허리춤에 단단히 묶고, 담배 한 개비를 귀에 걸고 걷던 뒷모습. 어디선가 싸움이 벌어졌다는 소문이 돌면, 아버지는 방바닥에 뉘였던 몸을 벌떡 일으켜 세우고는 입맛을 쩝쩝 다시며 말했다.

"이놈들이 아직도 사람을 사람으로 안 본다 아이가. 내가 가야겠다."

그렇게 다녀온 날이면, 몸에 멍 하나, 옷에 찢어진 자국 하나쯤은 늘 따라왔다. 어머니는 아무 말도 하지 않았다. 대신 조용히 약솜을 덜어 아버지의 어깨에 붙이고, 뜨거운 물로 헹군 행주로 피를 닦아냈다.

"이기 다 무신 자랑이라고… 그만 좀 혀, 상만 씨."

그래도 그 말끝은 늘 떨렸다. 사랑이었는지, 실망이었는지, 혹은 둘

다였는지 모를 그 떨림이 내겐 더 또렷했다.

아버지는 결코 폭력적인 사람이 아니었다. 그는 사랑을 몰랐던 것이 아니라, 표현하는 법을 몰랐던 것 같다. 어머니에게, 자식들에게, 따뜻한 말 한마디 제대로 건네지 못하면서도, 새벽마다 빵 하나 더 얻어 오겠다고 대문 밖을 나서는 그 어리숙한 모습 속에는 지독한 사랑이 있었다.

그러나 그 사랑이 어머니에겐 결코 평안으로 와 닿지 않았다. 그 시대가 그랬듯, 아버지는 밖에서 정의를 외쳤고, 어머니는 안에서 현실을 지탱했다. 아이를 먹이고, 입히고, 공부시키고, 편지에 답장도 없이 먼 데로 떠난 아버지를 대신해 "우리 아부지는 나라 지키러 갔다."고 말하던 그 어머니의 담담한 얼굴을 나는 잊지 못한다.

세월이 흘렀다. 해방이 왔고, 전쟁이 지나고, 사람들은 다시 서울로 몰려갔다. 다들 서울 한 번은 가 보고 싶어 했다. 고향을 떠나 새로운 삶을 꿈꾸는 이들 사이에서, 어머니는 끝끝내 상주를 지키셨다. 누구보다도 서울이 궁금했을 법한 분이었지만, 단 한 번도 "서울 가고 싶다."는 말씀을 입 밖에 꺼낸 적이 없었다.
"서울이 다 뭔데. 우리 상주 읍내가 훨씬 낫지. 사람도 덜 북적이고, 바람도 시원하고."

　　　　　　　　　　기차를 세운 사나이

그러나 나는 안다. 어머니는 서울을 마음으로 백 번은 다녀오셨을 것이다. 밤마다 문풍지 흔드는 소리에 가만히 귀를 기울이시며, 한 번쯤 남대문 시장을, 경복궁의 돌담길을, 한강 다리를 떠올려 보셨을 테다. 그 옆에 아버지가 있었다면 얼마나 좋았을까, 아들 손을 잡고 그 거리를 걸었다면 얼마나 좋았을까, 그런 생각으로.

하지만 그날은 오지 않았다. 아버지는 끝끝내 어머니를 서울에 데려가지 못했다. "한 번만, 한 번만 구경시켜드리면…." 그렇게 말만 하다가, 어느 날 조용히 세상을 떠났다. 고요하게, 어쩌면 미련스럽게.

그의 죽음 앞에서 나는, 낡은 앨범 속 사진 한 장을 꺼내 놓고 오래도록 들여다봤다. 아버지의 젊은 날, 눈에 불꽃을 품고 있던 얼굴. 그의 뒤에는 어머니가 서 있었다. 두 사람 사이엔 어떤 말도 적혀 있지 않았지만, 그들의 인생은 그 한 장 속에 고스란히 묻혀 있었다.

이제서야 말할 수 있다.
아버지는 서울을 몰랐지만, 어머니는 그리워하셨다. 아버지는 싸움에만 인생을 썼지만, 어머니는 인내로 그 시간을 채우셨다. 그리고 나는, 그 두 사람의 아들이었다. 그 안에 피어났던 사랑과 슬픔과, 못다 이룬 구경 한 번의 소망까지 다 안고 살아가야 할 사람이다.

어느 봄날, 나는 어머니를 모시고 서울로 향했다. 조심스레 말씀드렸다.

"어무이, 우리 서울 한번 가입시다. 이번에는 진짜입니다."

어머니는 말없이 웃으셨다. 눈가에 주름이 깊어졌고, 웃음 끝에 물기가 맺혔다. 그 눈물은 서울에 대한 설렘인지, 지나간 시간에 대한 서운함인지, 아니면 아버지를 향한 그리움이었는지 알 수 없었다. 그러나 나는 알았다. 그 순간, 아버지가 우리 곁에 있다는 것을. 서울은 더이상 빚이 아니었다. 아버지의 못다 이룬 약속을, 내가 대신 지키는 시간이었다.

그날, 어머니는 경복궁 앞에 서서 오래도록 벽을 쓰다듬으셨다. "니 아부지가 여기 와 봤다면, 별꼴 다 보제 했을 기라."라며 웃으셨다. 그 웃음 속에, 나는 아버지의 웃음을 보았다. 그리고 그제야 비로소, 아버지의 '한'을 조금 덜 수 있었다. 그 이름, 상만이. 별나게 태어나, 별나게 살다, 별나게 떠난 아버지. 그러나 결국 그가 남긴 건 별난 삶이 아니라, 잊히지 않는 사랑이었다.

  기차를 세운 사나이

고생만 하시다가 59세의 나이에
고혈압으로 돌아가신 어머니

어머니는 인생 내내 고생만 하셨다. 자식들을 키우기 위해, 굶어도 자식들이 배불리 먹을 수 있도록 무엇이든 했고, 그렇지 못할 때는 누구보다 큰 한숨을 내쉬었다. 두 딸은 학교를 보내지 못했다. 당시 월사금을 낼 수 없어서, 그저 농사에 힘을 쏟으며 살아갔다. 그때 어머니는, "학교는 못 가지만, 밥을 먹고 살아야지. 공부는 나중에 해도 돼."라고 말하셨다. 그 말을 믿고 자식들은 힘든 상황 속에서도 절망하지 않으려 했다.

하지만 그럼에도 어머니는 늘 후회하셨다. "너희들, 학교는 꼭 가야지, 똑똑한 사람 되어야 한다."는 말을 자주 하셨다. 어머니는 우리가 공부에 집중할 수 있도록 모든 것을 바쳤고, 아버지의 부재로 인해 더욱 고단한 삶을 살아야 했다. 아버지는 강제징용을 갔다가 돌아온 뒤에도 술에 취해 살아갔다. 어머니는 언제나 그를 바라보며, "그럴 수가 있나, 왜 그런 삶을 살지?"라고 씁쓸한 미소를 지으며 말했었다. 하지만 결국, 자식들에게는 '자기 책임'을 가르치며 살아가셨다.

어머니는 언제나 우리에게 더 나은 삶을 주기 위해 애썼다. 우리가 학교를 다닐 수 있도록 돈을 벌기 위해 농사일에 매달리셨고, 그 일이 끝나면 남의 집에서 품팔이도 다니셨다. 그때 어머니는 "너희들은 공부만 해라. 나는 언제든지 일을 한다."고 말씀하시곤 했다. 어머니의 등치는 크고 강했기에, 남들이 일을 맡기면 잘 해내셨고, 종종 집안의 경제에 도움이 되었다. 나도 어머니를 따라 다니며 일을 도왔고, 그 덕분에 나는 어머니가 무슨 일을 하시는지 조금씩 알게 되었다. 어머니의 손길이 닿지 않은 곳이 없을 정도로, 집안의 모든 일을 이끌어 가셨다.

"종태야, 너는 열심히 공부해라. 어머니처럼 고생하지 않게." 어머니는 내게 항상 그런 말을 하셨다. 나는 그 말에 묻어져서 자라나면서, 어머니가 얼마나 고생했는지를 조금씩 느낄 수 있었다. "어머니는 왜 이렇게 고생을 하셨어요?" 내가 물었을 때, 어머니는 그냥 웃으셨다. "누구나 살아가면서 고생은 하지 않겠니? 다 너희를 위해서야." 어머니는 그렇게 말하며, 피곤한 얼굴에 미소를 띠우셨다.

어머니는, 가끔씩 자신을 돌아보며 아프게 말하셨다. "나도 가끔은 너희들이 잘되어야 한다는 부담을 느껴. 근데 내가 이렇게 살았는데, 과연 너희들이 나를 어떻게 생각할지, 그게 제일 걱정이야." 어머니는 종종 그런 말을 하시곤 했었다. 나는 그 말을 들으며 어머니의 고통을 알게 되었다. 어머니는 결코 자식들에게 부담을 주지 않으려 했고, 항상 자식들을 위한 길을 만들기 위해 애썼다. 그럼에도 불구하고, 어머니는 그 마음속에서 자신이 남긴 그림자를 지울 수 없었다. 그늘처럼

　　　　　　　　　　　　　기차를 세운 사나이

여전히 마음 한편에 남아 있는 후회였다.

그 후회는 아버지의 부재, 그리고 경제적 어려움이 크셨기 때문일 것이다. 자식들을 키우고, 하루하루 살아가면서도, 어머니는 늘 "내가 좀 더 나은 삶을 살게 해 줄 수 있으면 좋겠다."는 마음을 갖고 계셨다. 그래서인지 어머니는 자신이 못 입고 못 먹는 것을 자식들에게 돌려주려고 했던 것 같다. "이제 네가 커서 나보다 더 잘살게 될 거야. 그래야 내가 눈을 감아도 마음이 편할 거야." 어머니는 그렇게 자식들의 성공을 기다리셨다. 그러나 결국 어머니는 그 기회를 놓친 채, 떠나가셨다.

어머니는 결국 59세의 나이에 고혈압으로 돌아가셨다. 어머니는 그 나이에 그런 병에 걸릴 정도로 많은 고생을 하셨다. 고혈압이라는 병은 어머니의 몸을 서서히 잠식해 갔고, 결국 그 병에 걸려 결국 떠나셨다. 그때 우리 가족은 큰 충격을 받았다. 어머니가 우리 곁에 없는 삶을 어떻게 살아갈지, 그게 가장 큰 걱정이었다. 어머니는 항상 우리에게 '강하게 살아라.'고 말씀하셨지만, 그 말을 실천하기 어려운 시간들이었다.

"어머니, 이제는 좀 쉬셔야 했는데…" 내가 어머니의 병상을 지키며 그렇게 생각했다. 그때 어머니는 끝내 손을 내밀지 않으셨다. 너무 많은 세월을 고생으로 살아오신 어머니는 그저 조용히 마지막을 맞으셨다. 그런 어머니를 보며, 나는 그동안 내가 알지 못한 어머니의 고통을 이해할 수 있었다. 어머니는 우리가 더 나은 삶을 살 수 있도록 끊임없이 애썼고, 결국 그 고생이 어머니를 일찍 떠나게 만들었다.

어머니가 떠난 후, 우리는 그 빈자리를 메우기 위해 어떻게든 살아가야 했다. 큰아들은 아버지를 닮아, 삶에서 어려운 길을 선택했다. 그리고 큰딸과 둘째 딸은 결혼을 하고 각자의 삶을 살았다. 하지만 그들 또한 여전히 어려운 삶을 살고 있었다. 형은 결국 부산으로 떠났고, 유흥업소에서 일하며 생계를 이어 갔다. 그 삶이 편안하기도 했지만, 결국은 다시 고향으로 돌아와 어머니가 우리에게 남겨주신 땅 3천평으로 농사를 지으려 했다. 그 아픈 기억을 떠올리며 돌아오는 그 길은 정말 긴 시간이 걸렸다.

그렇게 자식들은 각자의 길을 걷고 있었지만, 어머니가 남기신 꿈은 여전히 우리 마음속에 살아 있었다. 어머니는 자신이 고생한 만큼 자식들이 잘되기를 바랐다. 그리고 우리는 그 바람을 이루기 위해, 어머니 없이 살아가야 했다.

어머니는 세상에 무엇을 남기셨을까? 사랑과 희생의 유산은 우리가 계속 이어 나가고 있다. 어머니의 고생과 희생은 우리가 자식을 키우고 살아가는 데 큰 힘이 되었고, 그것이 우리 삶의 기준이 되었다.

 기차를 세운 사나이

어머니는 떠났지만, 그 가르침은 여전히 우리에게 남아 있다. "어머니, 이제 쉬세요. 우리가 잘 살아갈게요." 우리가 그렇게 말하며 어머니의 무덤 앞에 앉았을 때, 어머니는 그곳에서도 우리를 지켜보실 것이다. 그 마음은 언제나 우리와 함께할 것이다.

아버지의 삶을 돌아보며

상만이의 삶은 그 어떤 드라마보다도 치열했다. 그는 경상북도 상주군 공검면 부곡리에서 태어났고, 아주 어린 나이에 가난과 굶주림의 세계를 경험했다. 당시의 조선은 일본의 강압적인 지배 아래에서 무기력하게 놓여 있었다. 그는 어렸을 때부터 가난과 고통의 그늘 속에서 살아왔고, 그것은 그를 단단한 사람으로 만들어갔다. 168cm의 키에 65kg의 몸집을 가진 그는 한때 어린 시절의 어깨에 지어진 무게를 감당하기 위해 수많은 싸움의 현장에서 피를 흘렸고, 때로는 눈물도 흘리며 살아왔다.

그의 고향, 공검면과 인근 지역들은 일본의 식민 통치 아래에서 혹독하게 고통받고 있었다. 일본 제국의 착취는 사람들의 영혼까지 짓밟고 있었다. 세금으로 땅을 빼앗기고, 전쟁에 필요한 물자들… 쇠붙이는 물론이고, 농기구까지 전쟁 물자와 포탄 실탄을 만들기 위해 모두가 강제로 취집당했다. 쇠붙이가 조금이라도 있으면 일본 순사들이 그것을 빼앗아 가고, 사람들이 사용하는 농기구조차 그들의 손에 들어갔다. 그리고 그들의 고통은 끝없이 이어졌다.

 기차를 세운 사나이

"우린 먹지도 못하고, 살아있다는 사실만으로도 고통이었어. 그 시절, 우리에게는 숨을 쉬는 것조차 사치였지." 상만이의 목소리가 굳어 졌다. 그는 그 시대의 가난과 압박, 그리고 일본인들의 탄압을 잊을 수 없었다. 상만이는 그런 세상에서 살아남기 위해 싸움을 배워야 했다. 일본 순사들은 조선의 사람들을 억압하고, 그들의 존엄성을 짓밟았 다. 심지어 조선인 처녀들이나 아낙네들이 희롱당하고 성추행을 당하 는 것은 일상적인 일이었다. 그리고 고발해도, 순사들은 아무 일 없이 그들을 풀어주거나 징벌하지 않았다. 하지만 상만이는 이런 현실 속 에서 단순히 참아내지 않았다. 그는 결국 자신만의 방식으로 일본 순 사들에게 맞서 싸우기 시작했다.

아버지 이상만은 '논 도깨비'라는 별명으로 불리게 되었다. 그는 주 재소 앞에 숨어 있다가 일본 농군들이 지나갈 때면, 기회가 오면 싸움 을 걸어 2명, 3명이든 상관없이 순식간에 그들을 물리쳤다. 상만이는 그들의 주먹에 맞서 싸우며, 그의 몸과 마음은 강해졌다. 싸움 실력은 날이 갈수록 향상되었고, 그의 명성은 빠르게 퍼져 나갔다. "상만이, 진짜 싸움의 천재야. 언제 그가 나타날지 모르는 이 상황에서 우리가 무슨 방법으로든 도와줘야겠어." 상만이의 칭찬은 동네 사람들 사이 에서 끊이지 않았다.

그가 일본 순사들로부터 쫓기면서도, 그들은 언제나 그를 잡기 위해 더욱 철저한 작전을 짰다. 2, 3명씩 조를 만들어, 그를 잡아 주재소로 끌고 가기 위한 훈련을 시켰다. 그러나 상만이는 논두렁을 타고 달리면, 순사들이 아무리 쫓아와도 그를 잡을 수 없었다. 상만이는 그야말로 '논 도깨비'로서, 도망치는 기술을 완벽하게 익혔다. 상만이가 숨어 있던 마을 사람들은 그를 영웅처럼 여겼고, 그는 많은 사람들에게 희망과 용기의 상징이 되었다.

그의 싸움은 단지 일본 순사들과의 물리적인 충돌만을 의미하지 않았다. 그는 일본인과 조선인이 결합된 모든 일에 참견하며, 조선인들이 억울한 상황에 처했을 때는 그들을 도와주는 역할을 했다. 그는 그들에게 '필요한 요소'로 초청을 받고, 도움을 주고받으며, 그들이 싸워야 할 때에는 자신을 내던지기도 했다. 그러나 한편으로 상만이는 여전히 겉으로는 강한 싸움꾼처럼 보였지만, 여성에게는 약한 면이 있었다.

술꾼 이상만

상만이는 하루라도 술을 마시지 않으면 안 되는 술꾼이었다. 그의 술을 사랑하는 마음은 마을 사람들에게 잘 알려져 있었다. 그가 주막집에 가면, 대개 주모는 예쁘고 섹시한 모습으로 술을 권하며 다가왔다. 주모들은 아양을 떨며 상만이를 유혹하기도 했지만, 상만이는 오히려 얼굴이 붉어지며 도망가기가 바빴다.

"술꾼이라 해도, 내가 술을 좋아한다고 해서 그 여자들 유혹에 넘어

                                기차를 세운 사나이

갈 리 없지. 술은 마시고, 주모에게는 예의 있게 대해주지만, 나의 마음은 항상 차갑게 유지해야지." 상만이는 술 한잔을 마시며 웃었다. 그는 그 당시 술집에서 벌어지는 성추행과 폭력에 대해 깊이 반감을 가지고 있었고, 주모가 당하는 수모를 참지 않았다. 만약 술집에서 주모가 성추행을 당하는 일이 일어나면, 상만이는 주모를 도와주기 위해 칼을 빼 들고 단호하게 그들을 몰아내곤 했다.

그는 주모에게 무언의 "흑기사"처럼 다가갔고, 그들이 고마워하긴 했지만, 그는 결코 주모의 유혹에 넘어가지 않았다. 오히려 주모가 그를 술로 대접하며 감사의 마음을 전할 때, 상만이는 미소로 화답하며 자리를 떠났다. 술집에서의 모습과는 달리, 그는 집에 돌아오면 평범한 남편이 되어야 했다. 집에서는 싸움의 천재라 불리던 상만이가, 60점짜리 평범한 남편으로 돌아가는 모습은 다소 아이러니하고도 진지했다.

가족과의 갈등

상만이의 가정은 그리 행복하지만은 않았다. 그는 아들 5남매를 두었고, 그중 장남은 20대부터 객지로 떠나며 아무런 도움이 되지 않았다. 장남은 집에 돌아와서는 노름을 일삼으며, 동생들이 벌어 놓은 땅을 팔아먹고 가족들에게 고통을 안겼다. 그의 장남은 결국 그 자신이 한 일로 인해 온전히 책임을 져야 할 인물이었다. "장남은 그냥 나쁜 놈이지. 나만큼 고생을 안 해 봐서 그런지, 나중에 땅도 팔아먹고 말이야." 상만이는 그런 장남에 대한 실망과 분노를 드러내며 입을 열었다.

　하지만 그럼에도 불구하고, 그는 언제나 가족을 위한 삶을 살아갔다. 자신의 싸움과 고난 속에서 남은 길은, 가족을 지키고 이끌어 가는 것이었다. "그래도, 내가 지켜야 할 건 가족이지." 상만이의 목소리는 이내 진지하게 가라앉았다.

기차를 세운 아버지 이상만은
자신의 삶도 멈춰 세웠다

상만이의 이름은 당시 일본 순사들에게 있어서 악몽 같은 존재였다. 그의 삶은 늘 쫓기고 도망가는 일의 연대기였으며, 그 또한 자신이 그렇게 살아야 한다고 생각하며 받아들였다. 일본 순사들이 그를 보고 피하기 바빴고, 그가 있는 곳에선 언제나 긴장이 감돌았다. 순사들은 그의 존재 자체가 그들의 안정을 깨트리는 걸림돌이라고 느꼈고, 그래서 상만이는 어디를 가든 경계를 받아야만 했다. 그러나 그것이 그에게는 새로운 삶의 일부가 되었다.

상만이는 일본 순사들이 자신을 쫓는 것에 대해 한때는 두려워했을 수도 있다. 그러나 시간이 지나면서 그는 그것을 일종의 운명처럼 받아들이기 시작했다. 일본 제국의 압박과 억제 속에서 그는 자신을 '저항의 아이콘'으로 만들어갔다. 그는 이제 더 이상 단순한 쫓기는 자가 아니었다. 그는 일본 제국의 권위에 도전하는 존재로, 그의 이름만 들어도 일본 순사들은 괴로움을 느꼈다.

그가 처음 기차를 세우던 날을 상기할 때마다, 마치 어제 일처럼 생생했다. 상만이는 양진역 근처에서 볼 일을 보러 가다가 기차가 지나가는 모습을 보며 늘 그런 생각을 했다. "이번엔 어떻게 세울까?" 그때마다 그는 계획을 세우고 실행에 옮겼다. 기차를 세우는 일은 그에게 단순한 해방의 상징이었으며, 그것은 그가 느끼는 고통을 조금이라도 덜어 주는 순간이었다. 기차를 세우면 일본 역원들과 기관사들은 골탕을 먹게 되었고, 그가 그토록 괴로워했던 일본의 질서를 흔드는 기회를 가질 수 있었다.

기차가 지나가는 그 순간마다 상만이의 마음은 요동쳤다. 그는 일본에 의해 억압당한 자신의 고향과 조국의 아픔을 잊지 않았다. 일본 정부는 1925년 이후, 조선 사람들의 삶을 철저히 제압하며 모든 것을 빼앗고자 했다. 그들은 조선인들의 가구와 살림살이까지 빼앗아 갔고, 이에 대해 조선인들은 격렬하게 저항할 수 없었다. 그들은 굴을 파고 땅을 파서 자신들의 곡식을 숨기며, 최소한의 자원을 지키기 위해 몸부림쳤다. 하지만 그럼에도 불구하고, 일본 순사들이 지나갈 때마다 조선인들은 공포에 질렸다. 그들은 늘 불안과 공포 속에서 살았고, 그런 환경 속에서 상만이는 더욱더 저항의 길을 선택했다.

상만이는 단순히 기차를 세우는 것이 아니라, 그가 그토록 괴로워했던 일본 제국의 존재에 대한 복수심을, 그리고 자신이 겪었던 고통을 표현하는 방식으로 기차를 세운 것이다. 일본 제국에 의해 그의 고향과 사람들은 희생을 강요당했으며, 그는 그런 억압을 계속해서 갚아 나가야 한다고 느꼈다. 그렇게 그는 일본 놈들이 운영하는 기차를 멈

   기차를 세운 사나이

추게 하며, 자신만의 방식으로 저항의 메시지를 전했다.

"기차는 그냥 두고 볼 수 없다." 상만이의 마음속에 박힌 신념은 이 렇게 강렬했다. 그가 일본 제국에 맞서 싸우는 방식은 단순히 물리적인 저항이 아니었다. 그것은 모든 형태의 억압과 지배에 대한 거부였고, 일본 제국이 가져가려 했던 그 모든 것에 대한 저항의 표상이었다. 그는 일본이 자신들의 침략으로 조선을 속국으로 만든 그때부터 이 싸움을 계속해야 한다고 결심한 것이다.

순사의 눈치를 보는 조선인들

일본 순사들은 상만이를 보고 멀리서 피하기 시작했다. 그는 그들의 골칫거리가 되었고, 순사들 자신도 그를 보면 긴장이 풀리지 않았다. 순사들은 상만이가 나타날까 봐 불안해하며, 언제나 그를 잡기 위해 여러 가지 작전을 세우고 있었다. 그가 있던 곳에서 일본 순사들은 두려움에 떨었고, 상만이가 지나간 자리는 긴장과 혼란을 일으켰다.

"상만이가 다시 나타났대. 순사들이 다들 벌벌 떤대." 조선인들 사이에서 그에 대한 소문은 빠르게 퍼져나갔다. 그는 그 시대의 '아이콘'이었다. 그의 이름을 들으면, 조선 사람들은 기쁨과 슬픔이 엇갈린 복잡한 감정을 느꼈다. 기쁨은 그가 일본 순사들에 맞서 싸우고 있다는 사실에서 온 것이었고, 슬픔은 그가 그토록 고통을 겪어야 했다는 사실에서 비롯되었다.

조선인들은 한편으로는 상만이를 보고 용기를 얻었다. 그러나 다른 한편으로는 그의 존재가 가져오는 위험을 알았기에 그를 가까이하기를 꺼려했다. 그가 다니는 길목에선 조선인들도 신경이 날카로워지곤 했다. 상만이의 모습이 보이면, 그곳의 사람들은 다들 숨을 죽이고 조용히 지나갔다. 상만이가 지나가는 길에 어떤 기운이 감돌듯, 모두가 그를 피하려 했다.

그때의 조선인들은 공포 속에서 살아가야 했다. 그들은 결코 혼자서 밖을 돌아다닐 수 없었다. 삼삼오오 무리를 지어 다니는 것이 그들의 일상이었고, 시장을 가더라도 언제나 위험을 감수해야 했다. 일본 제국의 강압 속에서 살아가던 그들은 언제 어떤 일이 일어날지 모르는 불안정한 삶을 살았다. 마치 북한의 공산주의 정권 아래에서 살아가는 것과 다름없는 처지였다. 조선인들은 자유롭게 돌아다닐 수 있는 권리가 없었고, 그들의 삶은 언제나 누군가의 감시 아래 있었다. 마을을 떠날 때에는 허가를 받아야 했고, 어디서 무엇을 하든 신고가 필요했다. 그들은 죽지 못해 살았고, 매일매일을 생존의 싸움처럼 살아갔다.

이상만의 고독한 싸움

하지만 상만이의 싸움은 단순히 일본 순사들을 쫓는 데 그치지 않았다. 그는 한 사람으로서 싸움을 시작했지만, 점점 더 많은 이들이 그를 지지하게 되었다. 그의 저항은 단순한 복수심을 넘어서, 일본 제국에 대한 깊은 반감을 담고 있었고, 그가 기차를 세우는 순간마다 그들의

　　　　　　　　　　기차를 세운 사나이

억압에 대한 응징이 있었다. 상만이의 싸움은 결코 개인적인 것이 아니었다. 그것은 민족과 조국을 위한 싸움이었다.

기차를 세우고, 순사들과 싸우며, 그가 남긴 흔적들은 사람들의 마음속에 강한 인상을 남겼다. 그가 기차를 세울 때마다, 사람들은 그가 보내는 메시지를 느꼈다. 그 메시지는 단순히 기차를 멈추는 것이 아니라, 일본 제국에 대한 저항의 상징이었고, 조선인들의 영혼을 깨우는 신호였다. 상만이의 삶은 그의 싸움이 끝난 뒤에도 여전히 사람들의 기억 속에 남았다. 그는 결코 쉽게 사라지지 않았다. 그가 살아온 길은 너무나도 강렬했고, 그가 남긴 발자취는 그 시대를 살아간 사람들에게 영원히 기억될 것이다.

하늘도 미웠고, 부모도 미웠고, 세상도 미웠던 둘째 아들 종태

어머니는 첫째 아들에게 가정을 물려주고, 둘째 아들 종태는 군에 입대했다. 종태는 어릴 때부터 사람들 눈에 띄는 똑똑한 아이였다. 그가 동네에서 돋보였던 이유는 그의 뛰어난 두뇌뿐만 아니라 사람들을 위해 헌신할 줄 아는 마음이었다. 마을 사람들은 그를 보고 "이 아이는 분명히 큰 사람이 될 거야."라고 입을 모았다. 종태는 동네의 구락부 회장직도 맡게 되었고, 마을에 문맹자가 많다는 사실에 가슴 아파하며, 16명의 문맹자에게 한글을 가르쳤다. 그 시대는 정말 암울한 시절이었다. 마을 주민의 92%가 문맹자였고, 읽고 쓸 줄 아는 사람은 몇 되지 않았다.

종태는 그 시절에서만 볼 수 있는 끔찍한 현실을 마주하고 있었다. 돈이 없다는 이유로 교육을 받을 기회조차 없었고, 그것이 더 큰 아픔이었다. 동네 사람들은 그의 똑똑한 머리와 잠재력을 보고 안타까워했다. "그 아이는 중학교만 갔어도 큰 인물이 되었을 텐데."라며 한탄했다. 그러나 현실은 가혹했다. 돈이 없으면 모든 게 불가능한 시절, 종태는 그저 가난한 가정에서 태어난 불운한 아이라는 사실을 매일같이 되새기며 살아갔다.

"This is Book. You are a Teacher."

그 시절, 종태에게 가장 큰 상처를 남긴 사건은 친구에게 받은 조롱이었다. 그 친구는 종태의 학력을 비웃으며 영어 문장을 내뱉었다. "This is Book. You are a Teacher." 그 친구는 영어로 말을 하면서 종태를 놀리기 시작했다. "너 이 말이 무슨 말인지 아니?" 그의 말투는 종태의 마음속에 있는 가장 깊은 분노를 자극했다. 종태는 화가 치밀어 올랐다. 그 친구는 자신을 향한 모욕을 아무렇지 않게 던졌다. "초등학교 때 공부 잘하면 뭐해? 지금 중학생 때 공부를 잘해야지." 그는 그 말과 함께 종태를 더 자극했다.

종태는 그 순간 정말로 죽이고 싶을 정도로 그 친구가 미웠다. 그는 짐을 지고 있었고, 그 짐은 그에게만 더 무겁게 느껴졌다. 그 친구의 말은 종태의 가슴을 후벼 파는 듯했다. "이 새끼 뒤지지 않으려면 꺼져!" 그는 그렇게 말하며 자기도 모르게 울음을 터뜨렸다. 그때, 그 어린 나이에 느꼈던 부끄러움, 슬픔, 화가 한꺼번에 밀려왔다. 자신이 얼마나 못난 아이로 여겨졌는지, 그때까지도 그 친구가 던진 말들은 종태의 가슴속 깊은 곳에서 끊임없이 울려 퍼졌다.

그때 종태는 하늘을 원망했다. '왜 내가 이런 세상에 태어난 걸까?' 부모를 원망했고, 자신이 태어난 현실에 대해 계속해서 화가 났다. '왜 하필 나일까?' 그는 정말로 그런 질문을 끊임없이 던졌다. 그리고 사회에 대해서도 미워할 수밖에 없었다. 돈이 없으면 모든 게 불가능하고,

무엇 하나 성취하기 위해선 수많은 벽이 있었다. 그 벽을 넘지 못하면, 사람은 그냥 사라져 버린다.

어머니는 그때 이미 병을 앓고 계셨다. 종태는 군에 입대하면서도 그 사실을 제대로 알지 못했다. 그는 군부대에서 훈련을 받고 있었고, 어머니의 상태는 점점 악화되어만 갔다. 종태는 어머니의 죽음을 예고 없이 마주하게 된다. 엄마가 아프다는 소식을 들었을 때, 나는 군에 있었고, 전보를 받고도 그 소식을 믿을 수 없었다. 그 전보는 종태에게 전해지기까지 거의 한 달이 걸렸다. 그는 그 한 달 동안, 어머니가 여전히 살아 계신 것만 같았다. 그러나 그 소식은 결국 그를 집으로 돌아가게 만들었다.

종태는 고향에 돌아왔을 때, 어머니는 이미 떠나셨고, 그는 허공만 바라보며 눈물을 흘렸다. "엄마, 나 왔어." 그 한마디조차 내뱉지 못한 채, 그는 어머니의 무덤 앞에서 한참을 서 있었다. 그때 그는 마음속에서 '왜 그때 내가 곁에 있질 못했는지, 왜 어머니의 임종을 지킬 수 없었는지' 깊이 후회했다. 그의 그 후회는 시간이 지나도 사라지지 않았다. "왜 그때 안 갔을까?" 그 질문을 계속해서 되뇌었다.

어머니의 죽음은 종태에게 큰 충격이었다. 그는 그 죽음의 아픔을 지울 수 없었다. 그렇지만 그 고통은 점차 그의 삶의 일부가 되었다. 군에서의 삶은 그를 단단하게 만들었고, 종태는 무엇인가를 더 강하게 하고 싶었다. 그러나 돌아온 고향에서는 어머니의 빈자리가 너무나 컸다. "엄마, 난 아직 엄마에게 할 말이 많이 남았어요. 그런데 그 말할 기회도 주지 않고 가 버리시다니요."

종태는 그 빈자리를 채우지 못한 채, 자신의 삶을 계속 이어 갔다.

"엄마, 나 이제 잘 살아갈게요." 그는 어머니의 무덤 앞에서 그런 말을 하며 다시 시작하려 했지만, 그 시작이 쉽지 않았다. 어머니의 빈자리에서 느껴지는 그 아픔은 언제나 그를 짓누르고 있었다. 어머니는 자신이 살아온 모든 고생을 자식들에게 물려주었고, 그 물려준 고생을 종태는 계속해서 견뎌야 했다.

어머니는 그의 모든 것을 희생했다. 하지만 종태는 그 희생의 무게를 이해하는 데 시간이 걸렸다. 그 고통 속에서 성장한 종태는 결국 자신이 어머니에게 물려받은 모든 가치를 깨닫게 되었다. 그의 마음속에서 어머니의 사랑은 여전히 살아 있었고, 그 사랑을 기억하며 그는 자신의 길을 나아갔다.

종태는 이제 고백할 수 있다. "엄마, 나 이제 알겠어요. 당신이 왜 그렇게 사셨는지." 어머니가 자식들에게 남기고 싶었던 가장 중요한 것은 고생과 희생, 그리고 사랑이었다는 것을.. 그리고 그 사랑은 시간이 지나도 결코 사라지지 않음을, 그는 이제 확실히 깨달았다.

아버지 이상만과 다른 듯 같은 나,
이종태 이야기

매일 굶으며 살았던 나의 어린 시절

어린 시절의 기억은 마치 낡은 흑백사진처럼 희미하게 남아 있다. 하지만 어떤 장면들은 유난히 선명하게 떠오른다. 마치 꿈속에서도 생생하게 펼쳐지는 오래된 영화처럼.

나는 아버지의 모습을 떠올린다. 아버지는 병상에 계셨다. 내 나이 두 살, 이제 막 언어를 배우기 시작할 무렵이었다. 그해 여름, 8월 15일 해방이 찾아왔다. 하늘에는 정찰기가 선회했고, 곳곳에 삐라가 흩날렸다. 하늘에서 하얀 눈송이처럼 떨어지는 삐라들은 어린 나에게 신기한 광경이었다. 나는 그것을 잡고 싶어 두 손을 허공에 뻗었지만, 바람에 날려 눈앞에서 사라져버렸다. 나는 발을 동동 구르며 애타게 바라보았지만, 그것은 내 손이 닿지 않는 곳으로 흩어졌다.

아버지는 통지라 불리는 뒷간 문짝에 몸을 기대고 앉아 하늘만 바라보셨다. 힘없는 몸을 간신히 가누며, 병색이 짙은 얼굴로 조용히 하늘을 올려다보셨다. 나는 아버지께 삐라를 주워 드리고 싶었다. 그러나 그것조차 내겐 너무나 어려운 일이었다. 유독 내 기억 속에 선명하게 남아 있는 건, 아버지의 안타까운 표정과 힘겹게 숨을 몰아쉬던 모습이었다. 그리고 어느 날, 아버지는 보이지 않게 되었다. 나는 너무 어렸기에 아버지가 돌아가셨다는 사실도 이해하지 못했다. 그저 하루아침에 아버지가 사라졌다는 사실만이 남아 있었다.

어머니는 언제나 곁에 계셨다. 내 곁에는 늘 어머니뿐이었다. 형님은 열여섯 살에 객지로 떠났고, 큰누님은 일찍 시집을 갔다. 작은 누님은 남의 집에 애를 봐주러 가 버렸다. 동생은 소학교를 다녔다. 우리 집은 늘 가난했다. 아니, 가난 그 자체였다. 배를 움켜쥐며 허기를 달래야 하는 나날들이 계속되었다.

내가 아홉 살이 되던 해였다. 어머니는 피땀을 흘리며 농사를 지었다. 그러나 아무리 열심히 일해도 1년을 버티기에는 턱없이 부족했다. 우리 가족은 기아와 도탄에 빠져 생활고를 벗어날 수가 없었다. 기근은 우리 가족을 옥죄었고, 우리는 늘 가난에서 허덕이며 살았다. 집안에는 200평 남짓한 땅이 있었지만, 비가 내리지 않으면 무용지물이었다. 우리는 늘 하늘을 바라보며 비를 기다렸다. 그러나 하늘은 우리를 외면했다. 먹을 것이 없었다. 마을 사람들도 다들 같은 처지였다. 나라 전체가 가난했다. 가끔 미국에서 보내 준 구호물자가 들어왔지만, 위에서부터 차례로 떼어 가고 나면 우리 같은 가난한 사람들에게 남는 것은 거의 없었다. 예를 들어 10개 내려오면 겨우 1개가 우리에게 돌아왔다 오죽했으면 어머니는 우리 집안에 면서기 한 명만이라도 있었다면 밥을 굶지 않았을 것이라고, 한숨을 쉬며 말씀하시곤 했다.

"엄마, 배고파."

나는 저녁마다 어머니에게 같은 말을 했다. 어머니는 힘없이 웃으며 내 머리를 쓰다듬으셨다.

"조금만 참아라, 얘야. 내일이면 더 나을 거야."

하지만 내일이 되어도 배고픔은 나아지지 않았다. 어머니는 마당에서 나뭇가지와 풀을 모아 불을 지피셨다. 솥 안에는 풀죽이 끓고 있었다. 내가 그것을 보며 입맛을 다시자, 형이 나지막이 중얼거렸다.

"이게 뭐가 음식이야…."

어머니는 아무 말 없이 긴 한숨을 내쉬셨다. 풀을 뜯어 죽을 쑤어 먹고, 나무껍질까지 벗겨 솥에 넣었다. 그렇게라도 해야 우리는 하루를 살아낼 수 있었다. 어머니는 우리에게 생명줄과 같은 존재였다. 가난 속에서도 어머니는 온 힘을 다해 우리를 먹이고 살렸다.

우리 집에는 과일나무 한 그루도 없었다. 가을이면 남의 집 감나무에 달린 홍시를 바라보며 입맛을 다셨다. 복숭아, 밤 같은 것은 그림의 떡이었다. 우리는 그저 바라보면서 침만 꼴딱 삼키고 있었다.

"저 집 감나무에 감이 다 익었네."

동생이 나지막이 말했다. 나도 그곳을 바라보았다. 붉게 익은 감들이 주렁주렁 매달려 있었다.

"하나만 가져올까?" 형이 장난스럽게 웃으며 말했다.

 기차를 세운 사나이

“그러다 혼나.” 나는 고개를 저었다. 하지만 형의 표정에서도, 내 표
정에서도 그 감 하나가 얼마나 소중한 것인지 말하지 않아도 알 수 있
었다.

살아갈 희망조차 보이지 않는 날들이었다. 앞을 보나 뒤를 보나, 온
통 어두운 그림자뿐이었다. 하늘을 원망하고, 운명을 저주했다. 땅이
있어도 굶어 죽어야 하는 현실. 세상은 무심했고, 운명은 가혹했다.
그러던 어느 날, 공검 저수지가 생겼다. 그때부터 조금씩 희망이라는
것이 보이기 시작했다.

가난을 물리친 박정희 대통령은 우선적으로 농사에 관심을 두어 땅
에 메말라서 농사를 못 짓는 농민들을 보면서 안타까운 마음과 애처
로운 마음을 가졌다. 배고픔에 허덕이며 죽지 못해 살아가는 농민들
을 위해 1차적으로 댐 건설과 저수지 사업에 신경을 써서 비가 오지
않아도 모내기를 할 수 있게 해 주었다. 우리도 200평의 논에 벼를 심
었다. 그리고 가을, 우리는 생애 처음으로 열 가마가 넘는 쌀을 수확했
다. 쌀가마를 쌓아 놓고 어머니는 한동안 말을 잇지 못하셨다. 그동안
흘린 눈물과 고생이 한순간에 보상받는 듯했다.

“이게 우리 쌀이야…. 정말 우리 쌀이야.”
어머니의 눈에는 눈물이 맺혔다. 나도 그 순간이 믿기지 않았다. 그
동안 배고픔에 시달리던 우리에게, 처음으로 배부른 날이 찾아온 것

이었다.

그렇게 우리 집에도 변화가 찾아왔다. 저녁이면 호롱불을 켜고 밥을 먹던 우리 집에 전기가 들어왔다. 불을 켜자 어둠 속에서 빛이 번졌다. 집안은 대낮처럼 밝아졌고, 우리는 마치 꿈을 꾸는 듯했다. 배고픔과 어둠 속에서 살아오던 삶이, 이제야 조금씩 인간다운 삶으로 바뀌고 있었다.

이런 천국 같은 삶, 인간다운 삶을 누가 만들어 주었는가. 박정희 대통령은 첫째로 농업을 살렸고 둘째로 공업의 발전을 이룩해 오늘날 대한민국을 세계 10대 강국으로 만들었다. 나처럼 가난에 허덕이며 살았던 사람들은 박정희 대통령의 그 공덕을 절대 잊지 못한다.

나는 그 시절을 생각하면 가슴 한편이 저릿해진다. 비록 가난과 배고픔 속에서 보낸 유년 시절이었지만, 어머니의 헌신과 한 시대를 바꾼 변화들이 있었기에 오늘날의 내가 있을 수 있었다. 그 모든 기억들은 내 마음 깊숙이, 결코 잊을 수 없는 소중한 추억으로 남아 있다.

기차를 세운 사나이

사람 같지 않은 형과 동생 이야기

어머니는 여장부셨다. 평생을 강인하게 살아오셨고, 시시한 남자들은 어머니 앞에서 한마디도 못 하고 기가 죽었다. 어머니는 언제나 강한 존재였고, 가족을 위해 한순간도 약해진 적이 없었다.

그러나 형님은 달랐다. 형님은 개망나니였다. 불효막심한 자식이었다. 장남이라는 영예만 가졌을 뿐, 집안에 1원의 소득도 주지 않았다. 청년 시절, 객지에서 방탕한 생활을 하며 떠돌았고, 결혼마저 어머니의 농사로 마련한 재물 덕에 이루었다. 그러나 그 이후로는 한 푼의 돈도 집으로 보내지 않았다. 오히려 어머니가 돌아가시자마자 고향집으로 올라와 논농사 4천 평, 밭농사 1,200평을 손 하나 까딱하지 않고 차지해 버렸다. 낯짝이 얼마나 두꺼운지 동네 사람들이 욕하는데도 눈 하나 깜짝하지 않았다. 그는 뻔뻔했다. 너무도 뻔뻔했다. 참으로 철면피다.

"형님, 그래도 이건 좀 아니지 않소?"
"뭐가? 이 땅이 내 땅이니, 내가 갖는 게 당연한 거 아닌가?"
나는 형님의 얼굴을 바라보았다. 낯짝이 어찌나 두꺼운지, 세상 사람들의 비난 따위는 그에게 아무 의미도 없었다. 그는 농사를 짓겠다고 버티며 끝끝내 땅을 독차지했다. 그러나 그것이 끝이 아니었다. 그 와중에 꼴값을 떤다고 노름병이 들어 논밭 두 필지를 팔아 도박에 탕진했다. 동생들에게 쌀 한 톨도 주지 않으면서, 그는 자기 가족들만 배부르게 먹이고 살았다. 꼴값에 꼴값을 더해 노름꾼이 살림살이 아낀다며 밥을 굶어 창자가 말라붙었다. 결국 대구 경북대학 병원에 입원해 치료비, 입원비로 수십 배의 돈을 허비했다.

형수도 형님과 다를 바 없었다. 어머니가 살아 계실 때도 고부 갈등이 심했고, 언제나 불만이 가득한 얼굴이었다. 부창부수라고 했던가. 결국 형님과 형수는 똑같았다. 형님 내외분에 대해 사람들 사이에 좋지 않은 말로 입방아에 오르내렸는데… 그 자식들도 4남매 모두 부모와 똑같았다. 네 남매 중 셋은 이혼을 했고, 하나는 부모와 똑같이 살면서도 그래도 쌀농사는 풍족하게 지었다. 그런데도 그들은 삼촌들이나 고모들에게 쌀 한 톨 나누어 주지 않았다. 부전자전이라는 말이 이래서 나온 것 같았다.

"야, 형제라면서 이럴 수 있나?"
"형제? 형제가 뭐? 이제 와서 무슨 형제 타령이야? 우리는 우리대로 잘살고 있으니 상관 말라고."
그 말을 듣는 순간, 나는 형제라는 것이 무엇인가에 대해 다시 생각하게 되었다. 우리가 정말 한 부모 아래에서 태어난 형제인가? 남보다

　　　　　　　　　　　　　　　　　기차를 세운 사나이

못한 관계가 되어 버린 형제들을 보며, 나는 더 이상 아무런 기대도 하지 않기로 마음먹었다. 나는 그런 못난이들의 도움 없이도 아주 잘살고 있다. 그런 친척은 남만 못하다는 말이 그야말로 명언으로 다가온다.

그러나 그런 와중에도, 나에겐 영민과 김종근이라는 친구가 있었다. 특히 김종근이는 친형제보다 더한 존재였다. 그는 나의 의동생이었고, 나보다 더 나를 아끼는 사람이었다.

"형님, 밥 먹었소?"

"아니, 아직 못 먹었네."

"그러면 같이 먹읍시다. 나는 혼자 먹는 밥보다 형님이랑 같이 먹는 밥이 더 맛있소."

나는 이 동생에게 쌀을 얻어먹고 산다고 해도 과언이 아니다. 아니 얻어먹는 것이 아니라 나누어 먹는다는 표현이 더 어울릴 것 같다. 김종근은 나에게 있어 단순한 친구가 아니었다. 그는 나와 삶을 함께 나누는 진정한 형제였다. 나는 그와 함께 있는 시간이 무엇보다 소중했고, 죽을 때까지 함께할 수 있는 인연이라 믿었다. 그는 나를 위해 기꺼이 자신의 것을 나누어 주었고, 나는 그에게 언제나 고마운 마음뿐이었다. 나는 이 동생 부부가 만수무강하고 화목한 생활을 하도록 늘 기도하고 있다. 친동생보다 친형보다 4촌 친척보다 몇십 배나 좋은 친구이자 동생인 김종근. 몇십 배가 아닌 무한정 좋은 아름다운 친구이자 동생인 김종근과 영원히 함께 잘살아 보고 싶다.

이번에는 동생 이야기를 좀 해 보자. 내 친동생은 조폐공사 공무원으로 잘살면서도, 내가 10여 년 동안 어렵게 살던 시절 눈 하나 깜짝 안 하고, 단 한 번도 도와준 적이 없었다. 그는 자신의 가족, 자신의 배만 채우며 근심 걱정 없이 살아갔다. 피도 눈물도 없이 사는 사람이니 그냥 사람이라기보다 짐승 같은 동생이다.

"형, 나 좀 도와줘. 지금 좀 어렵다."

그가 나에게 손을 내밀었을 때, 나는 단호하게 거절했다.

"내가 어려울 때 너는 어디 있었냐?"

그는 아무 말도 하지 못했다. 나는 속으로 생각했다. 사람이 사람답게 살아야지. 가족이라면 서로 도와야지. 그런데 그는 그러지 않았다. 오히려 내 어려움에는 눈 하나 깜빡하지 않더니, 자신이 어려워지자 나에게 손을 벌렸다. 나는 그런 형제에게 마음을 열 수 없었다. 양심이 있으면 손을 벌리면 안 되는 거다. 부모 덕 없으면 형제 덕도 없다더니 옛말이 틀린 게 하나도 없다. 나는 형제로부터 괄세를 받아서 5남매 중 3남은 형제로 생각하지 않게 되었다. 그래도 객지(군)에서 승승장구하니 마을 사람들과 친지들은 내 말을 곧이듣지 않고 거짓말이라 했다.

이제 나는 형제라는 것이 무엇인지 다시 생각한다. 혈연이 중요할까? 아니면, 진정으로 서로를 위하는 마음이 중요한 걸까? 나는 김종근 같은 친구가 더없이 소중하다고 생각한다. 그는 형제보다, 친척보다, 남보다 더 나은 사람이다. 그런 사람과 함께 살아가는 것이야말로,

    기차를 세운 사나이

내가 살아가는 이유이자 행복이 아닐까.

　세상은 참으로 공평하지 않다. 하지만 나는 내 길을 가리라. 형제라는 이름을 등에 업고 내 것을 빼앗아 가는 자들에게 휘둘리지 않으리라. 나는 내 삶을 살아갈 것이다. 그리고 내 곁에는, 나를 진심으로 아끼고 사랑하는 사람들이 함께할 것이다.

부전자전,
종태도 상만이만큼 싸움꾼이었다

사람들이 나를 두고 하는 말이 있다.

"야, 걔 아버지가 상만이잖아. 피는 못 속여."

그 말이 틀리지 않았다. 부전자전(父傳子傳), 나는 분명히 아버지의 피를 이어받았다.

내 아버지 상만이는 일찍 세상을 떠났지만, 동네 사람들은 아직도 그를 기억했다. 싸움으로 이름난 사내. 어떤 이는 그를 '한동네 장군'이라 불렀고, 어떤 이는 '미친 불도저'라 불렀다. 술이 석 잔만 들어가면 노가다판이나 장터 한복판에서 누구든 시비를 걸었다고 한다. 하지만 아버지는 그 누구에게도 밀리지 않았다. 오히려 그 힘으로 사람들의 함부로 대하던 말들을 다스렸고, 엄마를 지켰다고 했다.

나는 그런 아버지를 보지 못했다. 너무 어릴 때 돌아가셨으니까. 하지만 피는 기억하고 있었다. 내 몸이, 내 주먹이, 내 발이, 그 기억을 지니고 있었다.

열여덟, 그때부터 스물둘, 군에 입대하기 전까지. 단 하루도 싸움을 쉬어 본 적이 없다. 누군가는 싸움이 우발적이라 했지만, 우리에겐 계

  기차를 세운 사나이

획이었다. 싸움은 나의 언어였고, 존재의 방식이었다.

　나, 종태. 그리고 싸움의 선구자들이 있었다. 이정일, 우명고, 송수환, 정수진. 우리 다섯은 함께였다. 싸움을 위해 모인 것이 아니라, 싸움이 우릴 모이게 한 거였다. 마치 전장 앞의 병사들처럼 우리는 늘 뭉쳐 다녔다. 어딜 가든 싸움은 따랐다. 누가 '어디 동네에 싸움 잘한다는 놈이 있다.' 소문만 내면, 우리는 그 동네로 향했다. 무슨 이유가 필요했겠는가. 존재 자체가 이유였고, 주먹이 설명이었다.

　"저기, 저기 송림동에 싸움꾼 하나 있다더라."
　정일이가 말하면, 수환이 가방에서 곤봉을 꺼냈다. 그건 싸움이 시작되기 전 우리의 의식 같은 거였다.

　동네에 도착하면 우리는 그 녀석이 누구든, 무조건 그 앞에 섰다. 이유를 묻지 않았다. 말 대신 곤봉으로 머리를 내리쩍었고, 주먹으로 턱을 갈겼다. 상대가 쓰러지기까지 단 한순간도 주저하지 않았다. 발로 짓밟는 건 마무리였다. '건방진 놈'이라는 말 한마디로 동네 하나를 평정했다. 그렇게 우리가 접수한 동네가 무려 쉰여섯. 56개의 동네가 우리의 주먹 앞에 무너졌다.
　나는 체계적으로 운동을 배운 적이 없다. 태권도도, 유도도, 복싱도, 그런 거 한 번도 정식으로 해 본 적 없다. 하지만 샌드백은 내 친구였다. 학교 대신 창고에서, 교실 대신 골목에서 나는 몸을 만들었고, 근육에 힘를 담았다.

어느 날은 유도 4단이라는 사내가 나를 도발했다. 덩치가 산만 했고, 기술로 상대를 제압한다고 자신만만했다. 그를 제압하는 데 7초가 걸렸다. 어깨를 밀어 중심을 무너뜨리고, 무릎을 찍어 바닥에 주저앉힌 다음, 턱에 주먹을 날렸다. 그 다음엔 말이 필요 없었다.

태권도 5단이라는 이도 있었다. 주먹보단 발이 빠르다는 말에, 나는 그 발이 떠오르기 전 순간적으로 허리를 잡고 몸을 던졌다. 그의 발이 공중에서 허우적일 때, 나는 이미 다음 싸움 준비를 하고 있었다. 씨름 선수들은, 어차피 나와 씨름해 봐야 진다는 걸 안다. 그래서 그들은 대결을 피했다. 나는 내 몸이 씨름판에서 어떻게 움직여야 하는지, 본능적으로 알고 있었다.

군에 입대한 건 스물두 살 때였다. 그땐 이미 동네에 내 이름 모르는 사람이 없었다. 많은 이들이 "저놈은 군에서도 한 건 할 놈이야."라며 혀를 찼다. 입대 날, 엄마와 형수는 말없이 울었다. 엄마는 내가 떠나는 날 새벽부터 밥을 하지 못했다. 부엌에 앉아, 김이 빠진 밥솥을 앞에 두고 그저 흐느끼고 있었다.

"엄마, 다녀올게요. 걱정 마세요."
나는 말했지만, 목소리가 내 뜻을 다 담지 못했다. 말보다도 침묵이

　　　　　　　　　　　　　　　　기차를 세운 사나이

더 큰 감정을 전했다. 형수는 내 옆에 앉아 손을 꼭 잡았다. 그녀도 울고 있었다. 그렇게 우리는 셋이 마루에 앉아, 아무 말 없이 긴 시간을 보냈다.

"기왕 이렇게 된 거, 어쩌겠냐. 잘 다녀와라, 종태야."

어머니의 말은 짧았지만, 그 안에는 온 세월의 무게가 있었다. 어머니는 다시 홀로 남을 준비를 하고 있었고, 나는 다시 싸움의 세계로 떠날 준비를 하고 있었다.

함께 입대하던 형 동생 하던 두 명과 고향 마을을 떠날 때, 나는 끝내 고개를 돌려 어머니를 보지 못했다. 울고 계실 거라는 걸 알았고, 내가 그 모습을 보면 아무 말도 못 하고 돌아설지도 몰랐기 때문이다.

군대에서도 싸움은 멈추지 않았다. 아니, 오히려 더 정제되고, 날카로워졌다. 나는 이제 주먹만 쓰는 싸움꾼이 아니었다. 내 눈빛 하나, 걸음걸이 하나에도 위압이 있었다. 누군가 나를 깔보려 할 때, 나는 눈 깜짝할 새 그를 쓰러뜨렸다. 보는 이들은 숨을 삼켰고, 나는 점점 두려움의 상징이 되었다.

씨름은 내 안에서 더 자라났다. 0.1초의 움직임, 1초의 틈도 주지 않는 공격. 상대가 자세를 잡기 전, 나는 이미 그를 들어 올리고 있었다. 말 그대로 전광석화, 그것이 나의 방식이었다. 그렇게 나는 싸움으로, 주먹으로, 내 존재를 증명하며 살아갔다. 그것이 정의라고 믿은 적은 없다. 그저 생존이었다. 어머니가 짓밟히던 그 논에서, 나는 아무것도 할 수 없던 그 아이였기에. 그 아이는 다시는 되지 않겠다고 맹세했기에.

나는 세상과 싸우고 있었다. 가난과 싸우고, 천대와 싸우고, 태어난 운명과 싸우고 있었다. 세상은 정직하지 않았다. 억울하다는 말만으론 아무것도 바꿀 수 없다는 걸 나는 너무 일찍 알았다. 어머니는 가난하고, 외로웠고, 누구 하나 어깨 내줄 사람 없었다. 겨우 살 만하다고 생각한 그 무렵, 나는 군대에 가게 되었고, 어머니는 또다시 혼자가 되었다. 하지만 이번에는 달랐다. 그녀의 아들은 더 이상 울보가 아니었다. 싸움에 이기는 자였고, 삶을 이기는 자였다.

그날 어머니가 흘린 눈물은 내가 반드시 돌려 드려야 할 또 하나의 빚이었다. 나는 싸움으로 그것을 갚고 있었다. 언제가 되었든, 내가 강해질 수만 있다면, 어머니는 더 이상 울지 않아도 될 거라고 믿었다.

25살에 상사라니!! 이게 말이 돼?

군에 입대하여 직업군인으로 복무하면서 내 인생에서 가장 놀라운 일이 일어났다. 나와 함께 입대한 동기들이 제대를 준비할 때쯤, 나는 육군 중사로 진급했고, 3년 후 25살의 여름, 7월에는 육군 상사로 진급했다. 동료들뿐만 아니라 부대에서는 6.25 사변 이후 최연소 진급이라며 모두가 놀라워했다. 당시 사단 부관부 선임하사 육군 중사 나이가 49살이었다.

사단 부관부에 신고하러 갔을 때였다. 거기 있던 육군 중사 한 명이 내 모습을 보더니 눈살을 찌푸리며 물었다.

"자네는 왜 여기 왔는가? 새파란 중사가?"

그 말끝에 나는 침착하게 대답했다.

"진급 신고하러 왔습니다."

그는 기록 카드를 훑어보더니 갑자기 표정이 변했다.

"이런, 내 아들과 동갑이네. 정말로 상사 신고하러 온 거야?"

그의 눈빛엔 놀라움과 경이로움이 섞여 있었다. 한동안 말없이 내 얼굴을 바라보더니, 천천히 고개를 끄덕였다.

"군 생활 28년 동안 이런 경우는 처음이네. 만 25세에 상사라니⋯ 축하하네."

그의 축하를 받으며 나는 속으로 묘한 기분이 들었다. 인덕이 없는 나는 집에서나 동네에서 인정받지 못했지만, 군에 입대하고부터 군 상관들에게 귀감이 되고 있었다. '나는 군 덕이 많구나.'라는 생각이 들었다. 사실 군 생활을 하며 죽을 고비도 여러 번 넘겼다.

영창에 들어가 징역을 살 수도 있었던 큰 사고도 교묘히 피해 갔고, 훈련 중 105mm 앞에 떨어진 포탄이 불발되어 살아남았다. 심지어 월남전에서는 소대장이 작전 중 포 유도를 하고 전진했는데, 155밀리 포탄이 소대원들과 나 사이에 떨어졌다. 그러나 그것마저도 불발탄이었다.

이후부터 사람들은 나를 '불사신'이라고 불렀다. 어떤 일이든 내 앞에서는 술술 풀렸고, 동료들은 혀를 내둘렀다.

"이 상사는 뭔가 특별한가 봐. 군 생활을 자기 마음대로 하는 것 같아. 혹시 빽이 있나?"

나를 의심하듯 바라보며 누군가 물으면 나는 장난스럽게 대답하곤 했다.

"있지. 육군 중장 빽."

"뭐? 정말? 무슨 사이야?"

"외삼촌야."

장난처럼 대답했지만, 사실 내게 빽은 없었다. 그저 운이 좋았을 뿐

 기차를 세운 사나이

이었다. 그러나 그 운도 결국 내 노력과 실력이 쌓여 만들어진 것이 아니었을까. 내 진급은 결코 우연이 아니었다. 나는 그 누구보다 치열하게 군 생활을 했고, 남들보다 앞서 나가야 한다는 일념으로 살아왔다.

  부대 내에서도 내 위상은 달랐다. 진급부터 가고 싶은 부대를 마음대로 가는 것 같아서 직속 상관도 나를 색다르게 보았다. 그 어떤 지휘관들도 나를 함부로 대하지 못했다. 그들에게 나는 단순한 부하가 아니라, 자신들의 군 생활에서도 보기 드문 인물이었다. 내 인생은 집에서는 인정받지 못했던 한 소년이, 군에서는 특별한 존재가 되어 가는 과정이었다. 나는 스스로의 힘으로 이곳까지 왔고, 앞으로도 내 길을 개척해 나갈 것이었다.

  그날 밤, 숙소에서 동기들과 함께 있을 때였다. 한 동기가 내게 물었다.
"야, 너 솔직히 말해 봐. 대체 무슨 수를 쓴 거야?"
나는 웃으며 대답했다.
"무슨 수?"
"아니, 진급 말이야. 25살에 상사라니, 이게 말이 돼?"
"말이 되니까 된 거지." 나는 빙긋 웃으며 말했다. "그냥 남들보다 조금 더 열심히 했을 뿐이야."

  동기들은 고개를 절레절레 흔들며 수군거렸다. 어떤 이는 부러운 눈빛으로, 어떤 이는 믿기지 않는다는 듯이 나를 바라보았다. 하지만 나는 그들의 시선을 의식하지 않았다. 나는 그저 내 길을 걸어왔을 뿐이었다.

그렇게 시간이 흘러, 나는 점점 더 높은 곳을 향해 나아갔다. 어떤 이는 운이 좋다고 했고, 어떤 이는 빽이 있다고 했다. 그러나 나는 알고 있었다. 이 모든 것은 내가 직접 개척한 길이었다. 밤하늘을 바라보며 나는 다짐했다. '나는 여기서 멈추지 않을 것이다. 더 높이, 더 멀리 나아갈 것이다.'

종태가 다시 돌아왔다

나는 국민학교에 입학했지만, 6.25 사변으로 인해 학업을 중단해야 했다. 다시 학교로 돌아갔을 때는 나보다 어린 1학년 학생들과 함께 공부해야 했고, 학습 환경은 열악했다. 학교를 중퇴한(1학년~4학년) 학생들과 같이 공부하는 것은 정말 어렵고 힘든 일이었다. 하지만 나는 머리가 영리했고, 무엇보다도 포기하지 않는 성격이었다. 덕분에 1학년 2학기에는 부반장(부급장)까지 맡게 되었고, 반에서 형, 누나들을 제치고 성적 1, 2등을 다툴 만큼 뛰어난 성적을 유지했다.

당시 내 별명은 '소눈까리 노루'였다. 커다란 눈 때문에 친구들이 그렇게 불렀다. 그 시절 학교는 가난했고, 책상도 없이 마룻바닥에 엎드려 공부해야 했다. 학급에는 나이 많은 학생들도 많았다. 6학년이 되었을 때, 반에 17~18세 된 여학생들이 대여섯 명 있었고, 그중에는 이미 남자 애인이 있는 누나도 있었다. 그 남자 애인이 학교까지 찾아와 연애하던 시절이었다. 그들은 수업 중에도 남자친구들이 찾아오면 창가로 몰려가 속삭이곤 했다.

어느 날, 내 옆에 앉은 여학생이 갑자기 나를 보고 깔깔대며 말했다.

"눈이 크니까 동태구 가마솥에 넣고 끓이면 딱이겠다!"

그녀의 말에 주변 학생들이 따라 웃었다. 내 얼굴이 붉어졌다. 화가 머리끝까지 차올랐다. 아무런 이유 없이 조롱당한다는 것은 도저히 참을 수 없는 일이었다. 순간, 내 몸이 먼저 반응했다. 성큼 일어나서 엎드려 있던 그녀의 등을 힘껏 밟아 버렸다.

순간 여학생이 신음 소리를 내더니 그대로 쓰러져 기절했다. 교실 안은 정적에 휩싸였다. 모두가 숨을 죽이고 나를 바라봤다. 그리고 곧 선생님의 분노 어린 목소리가 교실을 찢었다.

"종태! 당장 이리 와!"

나는 뒤를 돌아보기도 전에 담임선생님께 멱살을 잡혔다. 그분은 여선생님이셨다. 화가 난 선생님은 나에게 수차례 뺨을 때렸다. 얼굴이 불타오르는 듯 아팠지만, 나 역시 화가 가라앉지 않았다. 나는 선생님의 멱살을 똑같이 잡아 버렸다. 예상치 못한 나의 반항에 선생님이 중심을 잃고 비틀거렸다. 그 과정에서 그녀의 저고리가 찢어져 유방이 다 드러날 정도였다. 순간 나는 멈칫했다. 선생님도, 학생들도 모두가 얼어붙었다.

죽을 지경으로 얻어터지고 나니 공부를 하려고 해도 글이 눈에 들어오지 않았다. 가르치는 선생님도 분이 안 풀리기는 마찬가지였다. 나는 머리가 핑 돌고, 온몸이 욱신거렸다. 내 눈빛을 읽은 듯, 선생님은 이를 악물고 소리쳤다.

　　　　　　　　　　　　　　　　기차를 세운 사나이

"너, 공부하지 말고 집으로 꺼져!"

그 말이 떨어지자마자 나는 책 보따리를 싸서 교실을 뛰쳐나왔다. 하지만 내 안에서 분노는 더 크게 불타올랐다. 그냥 갈 수는 없었다. 나는 교실 뒤로 돌아가 큰 돌을 집어 들었다. 손이 떨렸다. 하지만 멈추지 않았다. 있는 힘껏 창문을 향해 돌을 던졌다.

와장창!

유리창이 산산조각 났다. 예상보다도 큰 소리에 나조차 깜짝 놀랐다. 순간적인 두려움이 몰려왔다. 나는 그 길로 뒷산을 향해 뛰었다. 죽자고 뛰었다. 뒤도 돌아보지 않았다. 온몸이 뜨거웠고, 숨이 턱까지 차올랐다. 몇백 미터를 단숨에 올라가고 나서야 멈춰 섰다. 그제야 뒤를 돌아보았다. 아무도 없었다. 나는 그 자리에 털썩 주저앉아서 숨을 몰아쉬었다.

'이제 어떻게 하지?'

이 생각 저 생각하면서 고민에 빠졌다. 눈앞이 캄캄했다. 오전 10시가 조금 지났는데 집에 가면 왜 일찍 왔냐고 물을 것이고 딱히 할 말이 없을 것 같았다. 다시 학교에 가기도 두려웠다. 한참을 고민한 끝에, 나는 무작정 노트와 책을 펴서 공부하는 척하기로 했다. 부모님이 의심하지 않도록, 산수 연산을 연습하고 국어책을 소리 내어 읽다가 시간에 맞춰 집으로 왔다. 그 후 학교는 가야 하고 가면 좋은 일은 없을 것 같아 친구들과 쥐잡기 놀이, 뜀뛰기 놀이 등을 했다. 종이 울리면 친구들은 교실로 들어가고 나는 학교 뒷산으로 가서 노트에도 책을 베꼈다. 부모님이 공부 점검을 하지는 않았지만 혹시 몰라 공부했다는 표시를 하기 위해서 며칠 동안 책 베끼는 일을 계속했다.

그러던 어느 날이었다. 아침 일찍 학교에 가서 평소처럼 친구들과 쥐잡기 놀이를 하고 있는데, 시작 종이 울렸다. 나는 자연스럽게 친구들과 헤어지고 뒷산으로 가려고 했다. 그때, 담임선생님이 내 팔을 잡았다.

"종태야."

선생님의 목소리는 의외로 차분했다. 나는 움찔했다. 선생님은 한숨을 내쉬며 나를 바라보았다.

"지난 일은 다 잊자. 다시 교실로 돌아가자."

나는 멈칫했다. 선생님의 표정은 전날의 분노가 아니라, 걱정과 애정이 담겨 있었다. 나는 속으로 고민했다. 들어가야 할까? 그런데 내 몸은 이미 선생님의 손에 이끌려 가고 있었다. 부끄럽고 창피하고 미안한 마음이 들었다. 나는 싫은 척하며 끌려갔다. 교실 문 앞에서 심장이 미친 듯이 뛰었다. 그래도 한 걸음, 또 한 걸음 교실로 들어갔다.

선생님은 나를 교실 중앙으로 데려갔다. 그리고 모두를 향해 말했다.

"종태가 돌아왔다. 이제부터 더 친하게 놀면서, 함께 공부하길 바란다."

교실이 조용해졌다. 나는 그저 고개를 숙였다. 친구들의 시선이 느껴졌지만, 도무지 얼굴을 들 용기가 나지 않았다. 선생님의 한마디가

기차를 세운 사나이

가슴 깊이 박혔다. 가슴이 뜨거워졌다. 나는 깨달았다. 선생님이 나를 포기하지 않았다는 것을. 그리고 다시 한 번 기회를 주셨다는 것을.

눈물이 핑 돌았다. 선생님께 너무도 죄송했고, 감사했다. 눈물이 나도록 하해와 같으신 선생님 마음을 괴롭혔으니 죽도로 맞아도 싸다는 생각을 했다. 그날 이후, 나는 달라졌다. 더 이상 충동적으로 화를 내지 않으려 노력했다. 그리고 그 누구보다 더 열심히 공부했다. 이제 나는 다시는 교실을 떠나지 않으리라 다짐했다.

조경 사업을 하다가 망하고 경비 일을 하며 공부하다

나는 수많은 우여곡절을 겪으며 결국 서울 중앙통신고등학교를 수료했다. 6.25 사변으로 인해 중퇴했던 학업을 다시 이어 가면서 국가에서 인정하는 문교부 혜택을 받을 수 있었다. 그 과정은 결코 쉽지 않았다. 하지만 그 험난한 길을 걸어온 나는 결국 한 단계 더 성장한 자신을 발견할 수 있었다.

그 후, 육군 군법회의 검찰 서기 시험에 도전했다. 60여 명이 지원한 이 시험에서 나는 당당히 합격했고, 이후 14년 동안 군에서 영광을 누리며 살아갔다. 군에서의 생활은 내게 명예와 책임을 동시에 부여했다. 그러나 사람의 인생이란 예측할 수 없는 것. 나는 자진 전역을 결정하고 새로운 길을 걷기로 했다.

전역 후 한동안 방황하던 내게 한 친구가 다가왔다.

"야, 사업 한번 해 보는 게 어때? 네 성격이면 분명 잘할 거야."

나는 망설였다. 군에서의 안정적인 생활을 뒤로하고 새로운 도전을 한다는 것이 쉬운 일은 아니었다. 하지만 도전하지 않으면 아무것도 얻을 수 없다는 것을 알기에, 나는 결국 친구의 권유를 받아들였다.

 기차를 세운 사나이

나는 조경 회사를 설립했다. '낙동 조경 공사'라는 이름을 당당히 걸
고 20여 명의 직원들과 사업을 시작했다. 초반에는 고전을 좀 했다.
모든 것이 낯설고 익숙하지 않았다. 하지만 6개월이 지나면서 나는 기
존의 기라성 같은 조경 업체들을 누르고, 부산시가 시행하는 도시고
속도로 조경 사업을 낙찰받는 쾌거를 이루었다. 그 순간만큼은 정말
하늘을 나는 듯한 기분이었다. 이후 우리 회사는 탄탄한 회사로 승승
장구했다.

"이제 나도 신진 재벌 반열에 오르는 건가?"

사람들은 우스갯소리로 내게 그렇게 말했다. 그 말이 내 귀에 들릴
때마다 어깨가 으쓱해졌다. 성공은 내 것이었고, 나는 나 자신이 대단
하게 느껴졌다. 그러나 성공은 사람을 교만하게 만든다고 했던가. 나
는 점점 현실 감각을 잃어 갔다. 밤이면 화려한 유흥가를 떠돌았고, 주
색잡기에 빠져들었다. 돈은 마치 샘물처럼 마르지 않을 것만 같았다.
그러나 곧 찬란했던 태양 빛은 어두운 암흑세계의 구름 속으로 들어
갔다. 태양이 늘 빛날 수 없듯이, 나의 전성기에도 그림자가 드리우기
시작했다. 사업이 흔들리기 시작했고, 돈이 바람에 날리듯 사라져 갔
다. 그제야 나는 깨달았다. 내가 쌓아 올린 것은 견고한 성이 아니라
모래 위에 세운 성이었다는 것을.

결국, 나는 사업을 정리해야 했다. 군 전역할 때 받은 사업자금으
로 시작한 사업은 성공한 초년병의 건방으로 인해 날마다 돈이 들어

올 것이라 착각하고 뜬구름 잡다가 한방에 날려 버렸다. 아마도 부전 자전이라고 그 아버지의 그 아들이라서 어쩔 수 없이 피 같은 돈을 물같이 써 버린 것이다. 잘되면 내 탓이고 못 되면 남이 탓이라고 하더니 내 꼴이 딱 그랬다. 그리고 그 순간부터 내 인생은 다시 바닥으로 추락했다. 더 이상 손에 쥘 것이 없었다. 남은 것은 후회뿐이었다.

이후, 작은 공사는 눈에 보이지 않고 큰일을 찾아다녔다. 잃어버린 돈을 회복하려고 악착같이 돌아다녔다. 그러나 뜻대로 되지 않았다. 교회에 나가 기도도 하고 별짓을 다해도 잃어버린 영광은 찾을 수 없고 몸과 마음은 지칠 대로 지쳐 실의에 빠졌다.

나는 반년을 방황했다. 아무것도 손에 잡히지 않았다. 그러던 어느 날, 거울 속의 내 모습을 보고 나는 충격을 받았다.
"이대로는 안 되겠다. 뭐라도 해야지."
하지만 현실은 냉정했다. 가진 것이 없어진 나는 이제 경비 자리라도 알아봐야 했다. 처음에는 자존심이 허락하지 않았다.
"내가? 경비를? 죽어도 그런 일은 안 해."

그러나 시간이 흐를수록 그마저도 사치라는 것을 깨달았다. 결국 나는 마음을 다잡고 경비 자리를 찾기 시작했다. 그러나 시대가 변해, 경비 자리마저 쉽게 나지 않았다. 간절히 기다린 끝에, 마침내 서울의 한 아파트에서 경비직을 구한다는 소식을 들었다.

 기차를 세운 사나이

첫 출근 날, 나는 너무나도 부끄럽고 꼴이 말이 아니었다. 아무도 나를 비웃지도 않았고 누가 뭐라고 하지도 않았는데 내 마음은 이미 나를 깎아내리고 있었다. 지나가는 사람들의 시선이 다 나를 얕보는 것만 같았고, 젊은 아줌마들이 곁을 스쳐 지나갈 때면 얼굴이 화끈거리고 몸 둘 바를 모르고 정신적, 육체적으로 생고생을 하는 상황이었다.

"내 신세가 이게 뭐람…."

그러나 시간이 지나면서 나는 점점 현실을 받아들이기 시작했다. 적은 월급이지만 80%를 적금에 넣어 3년 만에 5천만 원 불리기에 성공했다. 경비 일이 내게 재미가 붙기 시작했다. 삶은 예측할 수 없는 것이었다. 어쩌면 나는 이렇게라도 다시 일어서고 있었는지도 몰랐다.

경비 일을 5년쯤 하던 어느 날, 문득 더 공부하고 싶다는 생각이 들었다. 책을 펼쳐 시험을 준비했지만, 현실은 녹록지 않았다. 문제들은 너무 어려웠고, 혼자 해결하기엔 역부족이었다. 고민 끝에 고등학교 3학년 학생에게 찾아가 물었다.

"이 문제 좀 알려 줄 수 있겠니?"

그러나 그 학생은 멋쩍은 표정으로 말했다.

"저도 모르겠어요."

실망한 나는 이번엔 대학을 나온 형 친구에게 물었다. 하지만 돌아오는 대답은 같았다.

"이건 나도 잘 모르겠는데?"

절망감이 밀려왔다. 어디에도 의지할 곳이 없었다. 결국 나는 혼자 힘으로 시험지를 작성하여 서울 통신학교에 보냈다. 그리고 결과를 기다렸다. 얼마 후, 결과가 도착했다. 6개 과목 평균 점수 78점. 합격이었다. 나는 중학교와 고등학교를 수료할 수 있었다.

그 수료증은 군에서 아주 유용했다. 군법회의, 검찰 서기 시험, 면접 등 중요한 자리에서 내 수료증은 결정적인 역할을 했다. 그 수료증은 내 인생의 어려움과 불안함을 해소하는 데 많은 효험이 있었다. 인생은 결코 단순하지 않았다. 때로는 바닥을 치고, 때로는 다시 떠오르며 나는 끊임없이 살아가고 있었다. 나는 실패를 겪었지만, 다시 일어섰다. 그리고 앞으로도 계속 그렇게 살아갈 것이다.

 기차를 세운 사나이

인분이 묻은 고구마를 먹고

1960년대 말에서 1970년대 중반까지, 군은 시대를 주름잡는 존재였다. 특히 군법회의 소속의 위세는 하늘을 찌를 듯했다. 그곳에서 근무하는 것만으로도 주변의 존경과 두려움을 동시에 받았다. 군법회의 소속이라는 이름 하나만으로도 어디를 가든 우대를 받았고, 유흥업소에서는 주인장의 환대 속에 상석으로 안내되기 일쑤였다.

"오늘은 어디로 모실까요?"

까만 세단에서 내린 사무장이 공손히 물었다.

나는 한껏 몸을 젖히며 코트깃을 세웠다.

"오늘은 엠파이어로 가자고. 종로 3가에 있는 그곳 말이야."

사무장은 고개를 끄덕이고는 차 문을 열어 주었다. 엠파이어는 극장식 유흥업소로, 최상급의 아가씨들이 손님을 맞이하는 곳이었다. 그녀들은 미스코리아를 방불케 할 정도로 아름다웠고, 남자들을 뇌살하는 애교와 미소는 정말 일품이었다. 천사도 울고 갈 인물이니 남자들의 사랑을 받기에 0.1도 손색이 없는 사람들이었다. 이런 지상 천국에서 5년 동안 살았으니 촌놈의 행복한 시간은 이것으로 만족할 만했다. 나는 부러울 것이 없는 삶을 살고 있었다. 권력도, 돈도, 쾌락도 모두

내 손안에 있었다.

그러나 그 찬란한 삶도 영원하지 않았다. 고향 친구의 꼬임에 넘어가 군복을 벗고 조경사업을 시작했다. 문제는 조경의 '조'자도, 사업의 '사'자도 몰랐다는 것이다. 군에서의 명성만 믿고 무작정 뛰어든 결과는 참담했다.

1950년, 내가 아홉 살 때 6.25 사변이 일어났다. 자리를 말고 쌀 한 되를 짊어진 채로 부모님을 따라 고향에서 8km 떨어진 곳으로 피난을 떠났다. 허름한 오두막에서 하룻밤을 보내던 어머니가 다음 날 아침 깊은 한숨을 내쉬었다.
"피난 가다가 죽든 집에서 죽든 죽는 건 마찬가지인데 우리 차라리 집으로 가자."

그렇게 우리는 다시 집으로 돌아왔다. 그때 인민군이 다 떨어진 허름한 군복을 입고 북으로 퇴각하는 모습을 목격했다. 허기진 군인들은 덜 익은 감을 따 한입 베어 물었다가 떫떠름한 표정으로 뱉어 냈다. 그들의 초라한 모습이 어린 나에게도 깊은 인상을 남겼다.

그로부터 수년 후, 나는 군인이 되었다. 그러나 군 생활 역시 녹록지 않았다.
훈련 중 배가 너무 고파 짬밥통에 버려진 썩은 무를 주워 먹었다. 한

   기차를 세운 사나이

번은 훈련을 받다가 농민이 파묻어 둔 고구마를 발견했다. 손으로 흙을 털어내다가 찐득한 감촉이 느껴졌다. 자세히 보니 그것은 인분이었다.

'이걸 먹어야 하나, 말아야 하나….'

그러나 허기는 판단력을 흐리게 했다. 나는 손바닥으로 더러운 부분을 대충 닦아내고 고구마를 주머니에 넣었다. 50분 후 찾아온 10분간의 휴식 시간. 나는 아무도 없는 곳을 찾아가 고구마를 깨물었다. 코를 찌르는 악취가 났지만, 단맛이 더 강했다. 그때 갑자기 입 안에서 따끔한 고통이 느껴졌다.

'이럴 수가….'

쥐가 난 것이다. 입이 벌어진 채 닫히지 않았다. 만약 군 조교에게 들키면 그 자리에서 맞아 죽을지도 모른다. 입이 닫히길 간절히 바라며 1분, 2분을 버텼다. 그 1분이 몇 시간이 되는 것 같았다. 다행히도 입이 서서히 다물어졌다. 야외 훈련을 마치고 부대로 돌아오자마자 선임하사에게 화장실에 간다고 말하고 화장실 소변보는 곳이 아닌 대변을 보는 곳으로 들어갔다.

'이제야 맘 편히 먹을 수 있겠군.'

나는 문을 걸어 잠그고 다시 고구마를 꺼냈다. 그런데 옆 칸에서 인기척이 들렸다.

"야, 너 뭐 먹냐?"

나는 얼어붙었다. 상대방이 문을 두드리며 소리쳤다.

"혼자 다 먹지 말고 하나 줘! 안 주면 내무반장한테 일러 버린다?"

나는 울며 겨자 먹기로 반을 떼어 내주었다. 상대는 잽싸게 받아들고 자기 칸으로 들어갔다. 곧이어 고구마를 씹는 소리가 들려왔다.

나는 씁쓸한 미소를 지었다.

'나도 불쌍하지만, 저 녀석도 별반 다르지 않구나….'

훈련병 생활이란 거지보다 못한 존재였다. 국가도 가정도 사회도 모두가 어렵게 살던 시절이었다. 기아와 도탄에 빠져 허우적거리던 그 시절의 배고픔을 생각하면 지금도 마음이 아프다. 군에서의 경험은 내 인생의 굴곡을 버텨 낼 힘을 길러 주었다. 하늘 높이 치솟았던 시절, 그리고 다시 바닥으로 내려앉은 순간들. 나는 그 모든 것을 받아들이며 다시 일어설 준비를 하고 있었다. 나는 먼 하늘을 바라보며 깊은 한숨을 내쉬었다. 그리고 묵묵히 두 손을 모아 기도했다.

'오, 하나님이시여. 제게 다시 한 번 기회를 주옵소서.'

늘 나누고 베푸는 게
습관이었던 내 인생

　겨울바람이 차가웠던 그해, 나는 3년 만에 육군 상사 4호봉으로 승진했다. 군 생활도 안정적이었고, 이제 가정을 꾸려야 할 때가 왔다는 생각이 들었다. 주위에서도 좋은 인연을 찾아보라는 권유가 이어졌다. 그렇게 만나게 된 사람이 있었다. 서울 서초구에서 독서실을 운영하는 여성이었다. 단정한 얼굴, 차분한 말투, 그리고 무엇보다도 따뜻한 눈빛을 가진 사람이었다. 반은 중매로, 반은 연애로 인연을 맺으며 우리는 결혼까지 골인했다.

　결혼 후 우리는 '천생연분'이라는 말을 수없이 들었다. 말하지 않아도 마음이 통하는 순간들이 많았다. 같은 음식을 좋아하고, 같은 풍경을 아름답게 여기고, 같은 생각을 나누며 살아가는 일이 이렇게도 행복할 수 있다는 걸 깨달았다. 하지만 결혼은 단순히 좋은 것만 나누는 일이 아니었다. 때론 의견이 부딪히고, 서로를 이해하지 못하는 순간도 있었다. 그래도 우리는 함께였다. 내 옆에서 조용히 미소 짓고 있는 아내의 모습이, 때론 말없이 어깨를 두드려 주는 손길이, 모든 갈등을 녹여 냈다.

나는 30대와 40대에 인기가 많았다. 고향에서는 나를 모르는 사람이 없었고, 신체도 건강했으며 성격도 좋았다. 하지만 경제적으로 하위권이었던 탓인지 이성들에게 인기가 많지는 않았다. 대신 동네의 젊은 아줌마들은 나를 연인으로 신경 쓸 일이 없어서 그랬는지 무척 좋아했다. 나는 그들과 대화하는 것이 편했다. 부부 싸움을 하고 집을 나간 여성이 우리 집에 와 있는 경우도 있었다. 그 남편이 찾아와 "제발 내 아내를 돌려보내 주세요."라고 간청하기도 했다. 하지만 그런 일도 우스울 만큼 지나가 버린 추억이었다.

나는 어릴 적부터 나누는 것을 좋아했다. 배가 고파도, 친구들에게 먹을 것을 나눠 주었다. 그것이 내게는 당연한 일이었다. 지금도 배려하고 베풀며 살고 있다. 하지만 아내는 그런 내 모습이 못마땅한 모양이었다. "당신은 너무 퍼 줘. 받는 사람도 부담스러워할 거라고." 아내의 말이 일리가 있었다. 받은 사람도 고민이 생길 수 있다는 걸 알았다. 그래서 베푸는 걸 줄이려고도 했다. 하지만 막상 맛있는 것이 생기면, 또 아무 생각 없이 명단을 작성해 선물을 보낸다. 습관은 참 무서운 것이어서 잘 고쳐지지 않는다. 나도 넉넉하지 못하면서 사랑, 봉사, 희생정신이 발동해 이웃뿐만 아니라 전국 각종 시설에도 선물을 보낸 사살이 있다. 그런 내 모습을 보며 아내는 한숨을 쉬었다. "당신, 제발 별로 친하지도 않은 사람들한테까지 그렇게 하지 마. 우리는 넉넉한 형편도 아니야." 나는 말없이 아내를 바라보았다. 나도 알고 있다. 우리가 그렇게 여유로운 살림을 꾸리는 것은 아니라는 걸. 하지만

　　　　　　　　　　　　　　기차를 세운 사나이

그럼에도 불구하고, 나는 그냥 지나칠 수 없는 사람이었다.

　길을 걷다가도 거지들이 돈을 구걸하는 모습을 보면 그냥 지나칠 수 없었다. 주머니를 뒤져 손에 잡히는 대로 돈을 건네주었다. 천 원이든 만 원이든. 그러면 아내는 또 한바탕 난리를 피웠다. "당신 또 줬어? 그런 사람들한테 돈 주면 안 된다니까! 그 사람들 뒤에 조종하는 사람이 있다고. 그 돈, 그 사람 입에 들어가지도 않아!" 나는 아내의 질책을 들으면서도 속으로 생각했다. '그래도 저 사람이 오늘 한 끼는 먹겠지.'

　어린 시절부터 굶주림을 견디며 살아온 나는, 배고픈 사람을 보면 외면할 수가 없었다. 아내는 이해하지 못할 수도 있지만, 내 안의 배려는 타고난 것이었다. 나는 앞으로도 이렇게 살 것 같았다. 어쩌면 이것이 내 삶의 방식이 아닐까.

　어느 날, 나는 길을 걷다가 낡은 옷을 입고 손을 내밀고 있는 노인을 보았다. 눈이 내리는 날이었다. 그의 손이 부들부들 떨리고 있었다. 나는 주머니에 손을 넣어 만 원짜리를 꺼내 내밀었다. 그 순간, 내 뒤에서 한숨 소리가 들렸다. "또야?" 아내였다. 나는 살짝 미소를 지으며 말했다. "당신이랑 사는 덕분에 나도 이렇게 베풀 수 있는 거야. 나중에 우리가 더 어려워지면, 누군가가 우리에게 손 내밀지 않겠어?"

아내는 한참을 나를 쳐다보다가 피식 웃으며 말했다. "당신 참 못 말려." 그러더니 그녀도 주머니에서 천 원짜리 한 장을 꺼내 노인에게 건넸다. 노인은 두 손을 모아 꾸벅 인사했다. 나는 그 모습을 보며 따뜻한 기운을 느꼈다. 눈은 내리고 있었지만, 마음만은 따뜻한 겨울이었다.

기차를 세운 사나이

자동차 급발진 사고,
하늘이 도와 목숨을 구하다

나는 한마디로 풍운아였다. 한곳에 오래 머무르지 못하는 성미 때문인지, 전국을 떠돌며 조선 팔도는 물론이고 제주도, 울릉도, 백령도까지 다 돌아다녔다. 대략 두 바퀴 반은 돌았을 것이다. 약 230개의 지방, 시군 도를 방문했고, 그 지방의 유명한 곳은 빠짐없이 찾아다녔다. 내게 여행은 단순한 취미가 아니라, 살아가는 방식이었다.

그렇게 쌓아온 추억들이 사진 2천 장, 지도 300장 속에 차곡차곡 쌓여 있었다. 하지만 인생이라는 게 내 뜻대로만 흘러가는 법이 없었다. 집에 불상사가 생겨 모든 걸 잃어버렸다. 쓰지 못하는 살림살이 두 트럭을 버리는 와중에, 내 소중한 기록들도 함께 사라졌다. 옷가지며 전자제품 따위는 그렇다 쳐도, 그 사진들과 지도들마저 한 줌 쓰레기로 버려졌다는 사실은 두고두고 가슴을 쳤다. 마치 내 지난 세월이 한순간에 송두리째 사라진 듯한 허망함이 엄습했다.

그때가 마침 코로나19가 한창이었고, 나와 아내는 병상에서 정신을 잃다시피 했다. 움직일 힘도 없었고, 숨 쉬는 것조차 고통이었다. 코로나는 정말 대단한 고통을 주었다. 그러니 이삿짐 정리는커녕, 그저 버티는 것만으로도 기적 같은 일이었다. 이사 날짜가 잡혀 이삿짐센터에서 트럭 네 대가 도착했을 때도 우리는 그저 지켜볼 뿐이었다. 아내가 간간이 움직여 짐을 옮기는 인부들을 도왔지만, 나는 꼼짝없이 누워 있을 수밖에 없었다. 이사 갈 곳이 서울에서 부산까지 멀기도 했다. 그때 처음으로, 정말 죽을 수도 있겠다는 생각이 들었다. 이런 인생살이도 있구나. 병들어 죽지 못해 움직이는 로봇 같은 인생살이구나 하는 생각이 들었다. 삶이란 게 이렇게 허무한 것이었나. 차라리 죽는 편이 낫겠다고도 생각했다. 하지만 인생이란 그런 게 아니던가. 죽고 싶어도 죽지 못하고, 살고 싶어도 내 뜻대로 되지 않는.

겨우겨우 이사를 마치고, 몸을 추스른 후에도 내 발길은 멈추지 않았다. 앙살스러운 개가 주둥이 아물 날이 없다더니 자동차 한 대 몰고 전국을 질주하며 마음을 달래고자 했다. 그날도 마찬가지였다. 순천, 여수, 광양을 돌고 나서 고흥으로 향했다. 팔영산 유자밭을 지나고, 나로호 인공위성 발사장을 구경했다. 바다 내음이 가득한 박물관을 돌아보며 감탄했다. 그렇게 하루를 보내고, 임시 주차장에서 차를 몰아 출발하려던 순간, 사건이 터졌다.

차가 굉음을 내며 튀어 나갔다. 내 의지와는 전혀 상관없이, 무언가에 홀린 듯이. 급발진이었다. 미친 듯이 달려 나간 차는 앞으로 돌진해 전봇대를 들이받고서야 멈췄다. 순식간에 몰려든 사람들. "사람은 괜찮아요?", "살아 있나요?" 웅성웅성, 여기저기서 불안한 목소리가 터

 기차를 세운 사나이

져 나왔다. 나는 어안이 벙벙한 채 아내를 돌아보았다. 다행히도, 그 녀도 나도, 멀쩡했다. 긁힌 곳 하나 없었다. 하지만 차는 전면 우측이 박살이 나고, 전봇대는 부러져 있었다.

사람들이 한숨을 내쉬더니 이내 웅성거리며 말했다. "천운이네.", "조상이 도왔어.", "신이 도왔어!" 여기저기서 환호성이 터졌다. 그들의 말이 헛소리 같지 않았다. 정말이지, 그날은 내게 주어진 두 번째 생일이었다.

"이 차를 어쩌죠?" 한 사람이 말했다.

누군가는 정비 공장으로 보내 수리하라고 했고, 또 다른 누군가는 서울로 견인해 가라며 조언했다. 결국 우리는 서울까지 견인을 선택했다. 견인차에 몸을 싣고 올라가는 동안, 나는 멍하니 창밖을 바라보았다. 한때 내 인생을 함께했던 차. 그 차가 고철 덩어리가 되어 가는 모습을 보니 마음이 묘했다. 서울의 자동차 공업사에서 내린 결론은 명확했다. "이건 수리가 불가능합니다. 폐차 처리하셔야 합니다."

차를 바라보며 나는 깊은 한숨을 내쉬었다. 그 차는 단순한 이동 수단이 아니었다. 내 오랜 동반자였고, 내 자유의 상징이었다. 캠핑 시설까지 완벽히 갖춘 차였기에 어디서든 잘 수 있고, 식사를 해결할 수 있었다. 그러나 이제 그것도 다 끝이었다.

아내가 내 어깨를 토닥였다.

"괜찮아요. 차야 또 사면 되죠."

나는 쓴웃음을 지었다.

"차야 사면 되지. 하지만 내 지난 여행의 흔적들은 다시 찾을 수 없잖아."

그렇게 또 한 페이지가 넘어갔다. 인생이란 결국 이런 게 아닐까. 돌고 돌다가 결국 제자리로 돌아오는 것. 하지만 돌아온 자리도 처음과는 다른 모습으로 변해 있는 것. 나는 앞으로 얼마나 더 전국을 돌며 새로운 흔적들을 남길 수 있을까. 문득, 아득한 하늘을 올려다보았다.

기차를 세운 사나이

등산을 좋아하던 나,
귀신을 만나다

산은 언제나 나를 부른다. 30대, 40대의 나는 일을 하면서도 틈만 나면 산을 올랐다.(대략 300곳 산 등정) 마치 산에 오르지 않으면 병이라도 날 것처럼, 온몸이 산을 향해 달려가고 싶어 안달이 났다. 처음에는 그저 가벼운 산책처럼 시작했지만, 이내 산행은 내 삶의 일부가 되어 버렸다. 40대 말부터 본격적으로 산행을 시작해 때로는 하루에 600~900고지 이상 되는 산을 2곳이나 오르기도 했다. 내 모든 정신은 산으로만 집중되었다. 전국의 명산들을 하나하나 밟으며 500곳이 넘는 산을 정복했다. 이제는 산세만 봐도 물이 어디에 흐르고, 어디가 숨겨진 길인지 100% 알아볼 정도가 되었다.

태백산 정상을 올랐을 때였다. 상명여대 산악회 소속의 젊은 여성 네 명을 만났다. 등산객끼리 흔한 인사를 나누고, 자연스럽게 산에 대한 이야기를 나누게 되었다.

"어르신, 산을 많이 오르셨나 봐요. 혹시 지금까지 몇 군데나 가 보셨어요?"

나는 가만히 미소를 지으며 대답했다. "지금까지 800곳 정도는 넘었지."

그들은 깜짝 놀라 입을 다물지 못했다. "정말요? 800곳이라니…! 어떻게 그렇게 많은 산을 오르셨어요?"

나는 그저 웃으며 대답했다. "산을 오르다 보면 점점 더 높은 곳, 더 험한 곳이 부르게 마련이지."

나는 산을 오를 때나 산길을 걸을 때 콩알만 한 돌도 밟아 넘어지지 않고 지난다고 하니 그들은 입을 딱 벌리고 연방 감탄을 했다.

산은 나에게 그저 풍경을 감상하는 곳이 아니었다. 산을 오르며 나는 풀 한 포기, 바위 하나도 소중하게 느꼈다. 산은 내게 삶의 의미를 가르쳐 주었고, 때때로 신비한 경험까지 선사했다. 산에서 나는 단 한 번도 넘어지지 않았다. 마치 산신령이 나를 보호해 주는 것처럼, 나는 한 번도 큰 부상을 입은 적이 없었다.

산에 중독되어 살다시피 하니 산행을 할 때 나는 항상 혼자였다. 두 명 이상이 함께 오르면 의견이 충돌할 수도 있고, 그것은 곧 산에서의 위험으로 이어질 수 있었다. 의견 충돌이 있으면 산을 오를 수가 없다. 산길을 걸을 때는 잡념을 버려야 한다. 한순간의 방심이 사고로 이어질 수 있기 때문이다. 하산할 때까지 오로지 정신일도 하사불성이어야 한다. 그래서 나는 오직 한 가지 생각만을 하며 걸었다. "이 산을 무사히 내려가자." 산은 인간에게 정신건강, 육신건강은 물론 힘과 용기를 준다. 산을 등정하고 오면 일주일이 기분이 좋다. 무엇인가를 성취한 것 같고 마음이 그렇게 편안할 수가 없다. 큰 산은 며칠씩 먹고

　　　　　　　　　　　　　　　기차를 세운 사나이

자고 한다. 지리산은 7일을, 설악산은 5일을 텐트치고 잠을 자며 일상을 사는 것처럼 살았다.

어느 날, 나는 지리산 깊은 곳에 텐트를 치고 며칠을 보내기로 했다. 해가 지고, 어둠이 깔리자 조용한 산속은 더욱 신비로운 분위기로 변했다. 텐트 안에 누워 있는데, 갑자기 바깥에서 발자국 소리가 들렸다. "저벅, 저벅, 저벅…." 누군가가 걸어오는 듯했다. 나는 숨을 죽이고 귀를 기울였다. 분명히 발소리는 가까이에서 들렸지만, 텐트 밖으로 나가 보면 아무도 없었다.

다시 텐트 안으로 들어오자, 이번에는 더 분명한 소리가 들렸다. "저벅, 저벅." 등골이 오싹해졌다. 이건 단순한 착각이 아니다. 정말로 무언가가 있다. 심장이 두근거리고 손끝이 저릿해졌다. 이건 분명 귀신의 발소리다.

그때였다. 갑자기 마을 사람들이 다가오는 소리가 들렸다.
"사장님, 여기서 뭐 하십니까?"
나는 놀란 얼굴로 그들을 바라보았다.
"여기서 며칠 묵으려고 텐트를 쳤습니다. 그런데 이상한 소리가 들려서…."
그들은 내 텐트 주위를 둘러보더니, 얼굴이 굳어졌다.
"에이, 사장님. 여기는 못자리입니다."

나는 순간 머리가 떵해졌다. 못자리? 그러고 보니 땅이 이상할 정도로 평탄했다. 산속에서 이렇게 반듯한 땅이 있다는 건 뭔가 이상한 일이었다. 나는 머리끝이 쭈뼛 서는 것을 느꼈다. 한순간도 더 머물러서는 안 된다는 생각이 들었다. 급히 텐트를 접고 배낭을 챙겼다. 배낭을 둘러매고 산을 내려가는데도 등 뒤에서 누군가가 나를 따라오는 듯한 느낌이 들었다. 그날 밤, 나는 산 아래 모텔에 도착해 겨우 잠을 청할 수 있었다. 오랜만에 너무 편하고 행복한 밤을 보냈다. 며칠 산에서만 잠을 잤더니 피곤이 엄습해 편안한 모텔에서 아주 달콤한 잠을 잤다.

귀신이 나타나는 텐트 자리는 산을 순찰하는 순찰차도 돌릴 곳이 없어 그 묘를 삽으로 파내고 평평하게 해서 순찰차의 회전 목적으로 만들어 놓은 곳이라 했다. 그 이후로 나는 귀신이 있는 산과 없는 산을 구별할 수 있는 능력을 갖게 되었다. 사람들은 귀신을 믿지 않는다고 하지만, 나는 안다. 귀신은 있다. 그리고 산에는 그들의 시간이 흐르고 있다. 나는 여전히 산을 오르지만, 더 이상 못자리에는 텐트를 치지 않는다.

   기차를 세운 사나이

인천의 건달들에게
잡혔다가 탈출했었지

　나는 한때 풍운아처럼 살았다. 전역 후에도 가만히 있질 못하고 전국을 누비며 사람들을 만나고 사건에 휘말리기도 했다. 국가유공자, 무공수훈자, 그리고 화랑무공 회장이 된 것도 내 인생의 한 페이지였다. 흔히들 그런 자리는 인간의 인성이 좋아야 한다고 말한다. 그런데 아이러니하게도, 내 주변엔 중장 출신 장군도 있었고, 영관 장교 다섯, 위관 장교 열 명이 넘는 사람들도 있었지만, 그들 중 내가 회장이 되었다. 육군 중사 출신이 회장이 된 것은 아마도 병과가 법무 병과 출신이라는 이유도 있었을 것이다.

　전역을 해서 예비군이 되어서 법에 아무 거리낌 없이 살아도 사람들은 법원 검찰청 소리만 들어도 소름이 돋고 불안한 기분이 들어 몸을 사리게 된다. 군 생활 동안 수많은 군 범죄자들을 다뤘지만, 정작 죄 없는 이들에게는 누구보다 친절한 사람이었다. 하지만 동기들은 나를 대할 때마다 조심스러워했다. 현역 시절 하사관 동기들은 밖에서 만나면 허물없이 지내면서도, 내 사무실에 초대하면 아무도 오지 않았다. "괜히 주눅 든다.", "거기 가면 법원이나 검찰청에 가는 기분이 든다."며 피하는 것이었다. 웃긴 일이었다.

하지만 법무 병과 출신이니 사람 대우는 확실히 받았다. 예하 부대에 가면 마치 검사가 온 것처럼 나를 대했고, 시내 당구장에서 건달들이라도 내 신분을 알면 깍듯이 예의를 갖췄다. 반면, 타 병과 장교나 하사관들은 "군바리"라며 군인을 조롱하는 일도 있었다. 군인을 업신여기는 자들이 있다는 걸 알고는 직접 찾아갔다.

어느 날, 건달들이 모여 있는 곳으로 순찰을 갔다. 그들은 나를 몰랐기에 대뜸 시비를 걸어왔다. 나는 가만히 웃으며 그들을 바라봤다. 그리고 그들이 예상치 못한 순간, 선수를 쳤다. 1초의 틈도 주지 않고 가장 거들먹거리는 놈을 한 방에 제압했다. 놈은 그대로 쓰러졌고, 나머지 네다섯 명은 눈을 크게 뜨고 나를 바라봤다.

"이 새끼 뭐야?"

놈들의 눈빛에 당혹감이 서렸다. 내가 가볍게 손을 털고 일어서자 그들은 한 걸음, 두 걸음 뒤로 물러나더니, 쓰러진 두목을 부축해 도망쳤다. 싸움은 언제나 선수 쳐야 한다. 1초의 망설임도 없이 전광석화같이 상대를 무너뜨려야 한다. 싸움은 끝날 때까지 공격을 멈춰서는 안 된다. 성질이 악질인 놈들은 넘어지고 엎어져도 다시 일어나 덤비기 때문에 정신이 돌아올 틈조차 주어선 안 된다. 정신이 돌아올 수 없을 정도로 맹공을 퍼부어 소생할 수 없도록 해야 한다. 싸움에서 중요한 것은 상대의 몸과 마음을 분리시키는 것이다. 그래야 완벽히 제압할 수 있다.

 기차를 세운 사나이

그런데, 나도 위험했던 순간이 있었다. 인천에서 건달들에게 붙들려 간 적이 있다. 좁고 어두운 사무실, 몇 명의 건달들이 담배를 피워 연기로 가득 찬 방. 나는 방 한가운데 서 있었다.

"이제 어쩌실 건데?"

놈들은 나를 둘러싸고 비릿한 미소를 지었다. 나는 조용히 그들을 살폈다. 이럴 때는 기회를 노려야 한다. 방심하게 만들어야 했다. 나는 일부러 겁먹은 듯 고분고분하게 고개를 끄덕이며 놈들이 하는 말을 들었다. 그물 안에 든 물고기라고 생각하도록 유인책을 썼다. 그게 먹혔다. 그들은 나를 완전히 가둬 놨다고 생각했을 것이다. 하지만 나는 탈출을 준비하고 있었다.

놈들이 안심하며 담배를 물고, 서로 떠들어 대기 시작한 바로 그 순간이었다. 나는 번개처럼 움직였다. 가장 가까이 있던 놈의 턱을 올려 차고 그대로 문으로 뛰었다. 놈들이 놀라 소리쳤지만, 이미 나는 문을 열고 거리로 나섰다. 내 특기 중 하나가 달리기였다. 닭 쫓던 개처럼 놈들은 뒤에서 쫓아왔지만, 나는 단숨에 거리를 벌렸다. 순식간에 50 미터. 놈들은 숨을 헐떡이며 나를 바라볼 뿐이었다. 나는 한시도 쉬지 않고 집으로 향했다.

하지만 걱정이 되었다. 혹시나 놈들이 집을 찾아오지 않을까. 그날 밤, 나는 친구 집에서 시간을 보내다 밤 10시가 되어서야 조심스럽게 귀가했다. 낮에도 계속 주변을 경계했다. 하지만 놈들은 다시 오지 않았다. 나는 살아남았다.

 그 후로도 나는 다양한 일들을 겪었지만, 늘 싸울 때는 한 가지 원칙을 지켰다. 싸움은 언제나 먼저 공격해야 하고, 상대가 다시 일어날 수 없도록 만들어야 한다. 그래야만 살아남을 수 있다. 그리고 나는 그렇게 살아왔다.

내 마음은 늘 과거를 향해 달린다

나는 한때 폭풍처럼 거칠게 살았다. 낮에는 일하고, 밤에는 싸움질을 했다. 촌에서는 가설극장이 열리는 날이면 마치 축제처럼 처녀 총각들이 몰려들었다. 하지만 우리에게는 또 다른 의미가 있었다. 그날은 싸움이 벌어지는 날이었다.

싸움을 시작하는 방법은 간단했다. 다른 동네 아가씨들을 건드리는 것이다. 그러면 그 마을 총각들이 자동으로 보디가드 노릇을 하며 덤벼들었고, 우리는 기다렸다는 듯 싸움을 시작했다. 승패는 정해져 있었다. 우리 동네 청년들은 가시나무의 가시보다도 날카롭고 거칠었다. 사벌면에 사는 우리를 상대할 동네가 없었다. 인근 20여 개 동네의 청년들은 우리를 상대하는 것을 두려워했다. 영화 한 편을 제대로 보려면, 우리 손에 얻어맞지 않는 것이 필수 조건이었다.

그날도 마찬가지였다. 우리는 극장 앞에 모여 거리를 배회하며 싸움의 기회를 엿보았다. "야, 저기 봐라. 저 놈들 또 모여 있네." 동네 친구 중 한 명이 턱짓을 했다. 예상대로, 다른 마을 총각들이 아가씨들을 둘러싸고 있었다. 나는 어깨를 으쓱하며 천천히 다가갔다.

"아가씨들, 영화 재미있게 보셨소?" 내 말에 그녀들이 움찔하며 뒤로 물러났다. 그 순간, 그녀들을 보호하던 청년 중 한 명이 나를 노려보며 말했다. "너희 또 이러냐?"

나는 피식 웃었다. "이러긴 뭘 이래? 그냥 인사하는 거지."

그러나 내 태도는 상대를 자극하기에 충분했다. 그가 주먹을 불끈 쥐는 순간, 나는 먼저 움직였다. 번개 같은 속도로 그의 턱을 노려 주먹을 날렸다. 퍽! 둔탁한 소리와 함께 그가 뒤로 넘어졌다. 주변에서 비명이 터져 나왔다. "싸움 났다!"

우리 동네 친구들이 일제히 움직였다. 상대편도 지지 않고 덤벼들었다. 혼란스러운 난투극이 벌어졌다. 나는 빠르게 몸을 움직이며 상대의 주먹을 피하고, 반격을 날렸다. 어둠 속에서 주먹이 날아들고, 신음 소리가 들렸다. 나는 거칠게 숨을 몰아쉬며 마지막으로 남은 상대를 노려봤다. 그는 이미 겁을 먹은 얼굴이었다. "이제 그만하시죠…." 그가 비틀거리며 말했다. 나는 코웃음을 치며 어깨를 털었다. "그래, 이제 끝내자."

스무 살이 되도록 철없이 싸움질만 하니 어머니의 걱정이 이만저만이 아니었다. "이놈이 장가를 가야 정신을 차리지…." 동네 사람들은 내게 신붓감을 찾아 주려 했지만, 처녀들은 물론 가족들까지도 내 이야기를 들으면 손사래를 쳤다. "저런 깡패 같은 놈한테 딸을 줄 순 없지!" 결국 내 고향에서는 장가를 갈 수 없었다. 그러나 나는 내 고향이 좋았다. 흙 내음 가득한 논두렁, 맑게 흐르는 시냇물, 버드나무 가지

　　　　　　　　　　　　　　　기차를 세운 사나이

위에서 우는 청개구리 소리까지도 내겐 추억이었다. 짝사랑했던 처녀, 한때 연정을 품었던 소녀들의 얼굴이 떠올랐다. 나는 돈도 없고, 배움도 짧아 주눅 들어 살았지만, 건강한 몸과 자신감 하나로 살아왔다. 그리고 내 고향 일대 7개 마을에는 나와 연이 있는 처녀들이 있었다. 친구들은 그런 나를 부러워했다.

시골에서의 사랑은 풋풋했다. 논두렁을 걸으며, 들판에서 몰래 손을 잡으며 사랑을 속삭였다. 시골 연애는 들에서 산에서 사랑을 하고 상주읍에 사는 처녀와의 연애는 아주 좋은 기와집에서 연애를 하니 참으로 격세지감을 느끼며 촌놈과 도시 놈의 차이가 사랑에도 많이 나는 것을 알았다.

역시 도시에서의 사랑은 달랐다. 기와집에서, 세련된 말씨로, 차분하고 애교 섞인 목소리로 다가오는 여자들에게 나는 묘한 감정을 느꼈다. 군 생활을 하면서 도시 출신 여자들을 만날 기회가 많았다. 서울과 인천에서 온 그녀들의 말씨는 부드럽고, 억양은 달콤했다. 도시의 여자들은 목소리와 행동까지 달라도 너무 달랐다. 애교라는 말이 괜히 서울에서 나왔던 것이 아니었다. 나는 무뚝뚝한 경상도 사나이였지만, 그들의 목소리를 들으면 여름날 녹아내리는 엿가락처럼 흐물흐물해졌다.

고향에서는 많은 처녀 총각들이 나의 신상에 대해 너무 잘 알았지만 타향에서는 아무도 내 과거를 몰랐다. 그들은 나를 그저 한 남자로 보았다. 그저 나의 몸과 마음만 알 뿐이었다. 키 175cm에 탄탄한 체격, 그럴듯한 군 법무병과 출신, 그리고 독학으로 고등학교 교육을 마친 남자. 육군 법무부에서 근무하며 군법회의, 검찰 서기를 거쳤다는 타이틀까지 있었으니, 어디를 가도 환대받았다.

유흥업소, 음식점, 술집에서도 내 존재감은 대단했다. 내 말 한마디면 팥으로 메주를 쑨다고 해도 사람들이 믿었다. 나는 세상에서 가장 행복한 남자라고 생각했다. 내가 누린 이 삶을 누구도 쉽게 경험할 수 없으리라. 그러나, 나는 여전히 내 고향을 잊지 못했다. 버드나무 아래서 울던 청개구리처럼, 내 마음은 늘 과거를 향해 뛰고 있었다.

   기차를 세운 사나이

화려한 세계 어디쯤,
내 걸음이 멈춰졌다

나는 한때 잘나갔다. 아주 잘나갔다. 손만 뻗으면 무엇이든 가질 수 있었고, 마음만 먹으면 누구든 만날 수 있었다. 유명 여가수도 만나 봤고, 배우도 만나 봤다. 화려한 조명이 쏟아지는 호텔에서 잠을 청한 적도 있었고, 가장 고급스럽다는 장소들을 전부 섭렵하며 사치를 누려 봤다. 내 발길이 닿는 곳마다 환호성이 터졌고, 내 손길이 스치는 곳마다 술이 넘쳤다.

그 시절, 서울의 밤은 나를 위해 존재하는 것 같았다. 우리나라에서 가장 크고 화려하다는 300여 좌석을 갖춘 대형 극장 술집, 엠파이어. 그곳이 내 단골이었다. 붉은 벨벳으로 장식된 내부, 천장에서 내려오는 화려한 샹들리에 불빛, 휘황찬란한 네온사인 사이로 나는 유령처럼 떠돌았다. 화려한 무대 위에서는 반짝이는 드레스를 입은 가수가 애절한 목소리로 노래를 부르고, 둥근 테이블 위에서는 크리스털 잔에 담긴 술이 출렁였다.

그곳에는 특별한 공간이 있었다. 유흥업소에서 일하는 아가씨들이 대기하는 방. 보통 50명에서 60명 정도의 아가씨들이 짙은 화장을 하고, 각자의 차례를 기다리고 있었다. 그들은 번호표를 달고 있었고, 인기 있는 번호는 따로 정해져 있었다. 1번, 5번, 7번, 11번.

그 숫자들이 무슨 의미가 있냐고? 그건 선택받은 숫자였다. 그 번호를 단 아가씨들은 가장 예쁘고, 가장 매력적이며, 남자의 마음을 사로잡을 줄 아는 존재들이었다. 대한민국에서 미모와 몸매로 손꼽히는 여자들은 이곳에 직업을 두고 있었다. 나는 그들을 보며 생각했다. 저들은 이곳에서 어떤 삶을 살고 있을까?

"오빠, 한잔 더 하실래요?"
나를 부르는 목소리는 달콤했다. 그녀는 살며시 다가와 내 잔에 술을 채워주었다. 향긋한 향수 냄새가 코끝을 스쳤고, 눈길이 닿는 순간 나는 그녀의 미소에 빠져들었다. 그녀는 내게 온몸으로 말했다. 나는 특별한 존재라고, 그녀가 지금 이 순간만큼은 나만을 위해 존재한다고.

촌에서 올라온 아가씨들은 달랐다. 화장기 없는 얼굴, 투박한 손, 울퉁불퉁한 몸매. 어쩌면 그들은 이런 곳에서 일하는 아가씨들이 되어보는 것을 꿈꾸었을지도 모른다. 서울의 밤거리를 걷고, 반짝이는 불빛 속에서 누군가의 사랑을 받으며 살아가는 것. 그러나 서울의 유흥업소에서 일하는 여자들은 단순한 미인이 아니었다. 그들은 기술자였다. 남자의 호주머니 검사를 해서 돈이 많은 손님은 그 남자의 몸과 마음을 어쩌나 잘 아는지 남자의 심리를 꿰뚫고, 기분을 상승시켜 주머니에서 돈을 술술 나오게 하는 달인들이었다. 무뚝뚝하고 재미없고 못난 마누라와 살다가 천사 선녀 같은 여인들에게 서비스를 받으니 돈 아까운 줄 모르고 입이 귀에 걸리게 된다. 대부분의 남자들이 그렇게 변해 간다.

나는 수많은 남자들이 어떻게 변해 가는지를 보았다. 처음에는 돈을 지키겠다고 다짐했던 남자도, 아내 몰래 숨어 들어온 남자도, 이곳에서 한순간에 바뀌었다. 마치 마법처럼, 한 잔, 두 잔이 지나가면서 그들의 얼굴에는 행복한 미소가 번졌고, 그들의 지갑은 자연스럽게 열렸다.

"오늘은 내가 쏜다!"
취한 목소리가 술집 안을 가득 채웠다. 구두쇠라 불리던 남자들도 이곳에서는 변했다. 수전노도, 노랭이 영감도, 모두가 그녀들의 손길 한 번, 눈길 한 번에 흔들렸다. 그들은 빈털터리가 되어 휘청거리며 집으로 간다. 그렇게 나가는 남자들을 보며 나는 생각했다. 저들은 내일 후회할까? 아니면 이 순간을 영원히 기억할까?

나는 이 세계를 너무도 잘 알았다. 그리고 이곳에서 살아가는 법도 익혔다. 때로는 화려함에 취하고, 때로는 허망함에 빠졌지만, 그럼에도 불구하고 나는 계속 이곳을 찾았다. 왜냐하면 이곳에는 내가 원했던 모든 것이 있었으니까. 그러나 어느 순간, 나는 문득 깨달았다. 내가 꿈꾸던 것은 과연 이것이었을까?

　밤거리를 걷다 보니 새벽이 다가오고 있었다. 길거리에 남은 네온사인의 잔상, 술기운에 비틀거리는 사람들, 그 틈에서 웃으며 손을 흔드는 여자들. 나는 문득 발걸음을 멈추었다. 그리고 생각했다. 이 화려한 세계는 언제까지 계속될 것인가?

　　　　　　　　　　　　　　　　　　　　기차를 세운 사나이

참 험하게 살아온 인생,
이제는 조용히 평화롭고 싶다

나는 이런 세상 속에서 살아왔다. 대통령도 하지 못할 일들을 해 보았다. 원 없이 즐겼던 5년의 세월이었다. 화려한 조명 아래에서, 축배가 넘치는 술잔 속에서, 인생의 절정을 달리던 시절이었다. 하지만 이제는 생각이 달라졌다. 이제 남은 시간은 건강에만 집중하며, 아프지 않고 천천히, 그러나 확실하게 이승에서 저승으로 가는 길을 준비하는 것이 중요하다고 느낀다. 하루 한 시간 이상 운동하고, 좋은 것을 먹고, 푹 자고, 잘 싸며 살아가는 것, 이것이야말로 가장 소중한 일 아닐까 싶다.

후손들에게 남기고 싶은 말이 있다. '그 사람이 있을 때 존경하고, 그 사람이 없을 때 칭찬하고, 그 사람이 어려울 때 도와주어라.' 이 말을 가슴에 새기길 바란다. 이제 나는 아주 기분 좋은 여생을 보내고 있다. 내 삶은 평온하다. 복이 터진 듯 걱정 없이 먹고, 잠자고, 자유롭게 살아가고 있으니 더 바랄 것이 없다. 실로 말년 운이 좋아 근심 걱정 없이, 마치 작은 천국 속에 사는 듯하다.

이 얘기를 하는 이유는 단 하나다. 세상에는 칭찬받아 마땅한 일들이 많고, 모두가 알아야 할 사건들이 있지만, 그것들이 너무도 쉽게 잊히고 만다. 나의 거룩하고 찬란했던 인생의 역사를 세상에 밝히고자 이 이야기를 시작하는 것이다.

할아버지는 살아생전 아들의 불같은 성격을 누구보다 잘 알고 계셨다. 그 성질머리 덕분에 싸움판에 끼어들어 싸움을 말리려다가, 결국은 본인이 싸움을 하게 되는 일도 많았다. 구경꾼들은 웅성거리며 수군댔다.

"상만 씨는 원체 싸움쟁이라 싸움을 안 하면 못 견디는 사람이야. 참 걱정되는 사람이야."

싸움을 말리려던 좋은 의도는, 결국 그 자체가 또 다른 싸움으로 번지곤 했다. 사람들은 저마다 다른 시선으로 상만이를 바라보았다. 누군가는 그를 원수처럼 미워했고, 또 누군가는 은인이라며 감사를 표했다. 싸움이 끝난 후, 너무 고맙다며 일부러 찾아와 음식을 주고 가는 이들도 있었다.

상만이는 불의를 보면 절대 그냥 지나치지 못하는 성격이었다. 정의가 무엇인지 몸소 가르쳐 주려는 듯, 서슴없이 손을 봐줬다. 상대방은 예상치 못한 주먹질에 정신이 아찔해지고, 눈앞이 흐릿해지고 아롱아롱해지는 와중에도, 그의 목소리만은 또렷하게 들렸다.

"너 인마, 싸움도 못하면서 상대를 괴롭히면 되냐? 다시는 싸우지 않을 테니 용서해 달라고? 그래, 용서할 테니 서로 화해하고 각자 집으로 돌아가."

 기차를 세운 사나이

그러나 이러한 소문이 할아버지의 귀에 들어갈 때면, 그의 마음은 천근만근 무거워졌다. 손자 상만이가 이 동네 저 동네를 돌아다니며 싸움질을 한다는 이야기를 들을 때마다, 한숨을 내쉬곤 하셨다.

"이놈을 혼내야 하는데… 잡아서 매라도 들고 싶지만, 나이가 들수록 체력이 예전 같지 않다. 훈계도 해 봤지만, 듣지 않으니… 참으로 마음이 아프구나."

할아버지인 이철종은 대학자였다. 일제강점기 시절, 앉아서 전쟁의 흐름과 형세를 꿰뚫어 볼 만큼 지혜로운 분이셨다. 어머니께 들은 이야기로는, 그분은 항상 깊은 생각에 잠겨 있었고, 말수가 적은 편이었지만, 그분의 눈빛에는 세상의 이치를 꿰뚫는 힘이 서려 있었다고 한다. 그러나 어린 시절 흘려들었던 이야기들이라, 나는 그분에 대해 온전히 알지는 못했다. 단지 '훌륭하신 분이었다.'는 것만이 선명히 기억에 남아 있을 뿐이다.

아버지는 두 형제가 있었다. 작은아버지 규철은 양반답게 점잖고, 배려심이 많았으며, 봉사 정신이 강한 사람이었다. 하지만 그 외의 행적은 정확히 알지 못한다. 아버지는 해방 무렵 건강이 급격히 나빠지셨다. 일본 놈들에게 심하게 맞아 골병이 들어 버린 것이다. 그 시절, 전국적으로 몇 년씩 가뭄이 들었고, 가난은 소리 없이 찾아왔다. 끼니를 해결하기조차 어려운 상황에서, 아버지의 몸은 점점 쇠약해졌다.

폐병은 치료할 수 없는 병이었다. 하루가 다르게 기력이 쇠해 갔다. 가족들은 그를 살리기 위해 최선을 다했지만, 병마와의 싸움은 너무나도 힘겨웠다. 결국, 1948년 10월, 아버지는 세상을 떠나셨다. 남겨진 가족들은 슬픔 속에서도 삶을 이어 가야만 했다.

나는 가끔 생각한다. 인생이란 무엇일까? 나는 대통령도 하지 못하는 일을 해 보았고, 돈이 있으면 다 할 수 있다고 믿었지만, 결국 남는 것은 무엇이었을까? 이제 남은 인생은 조용히, 평온하게 흘러가고 있다. 더 이상 큰 욕심 없이, 지금 이 순간을 감사하며 살아가고 있다.

　　　　　　　기차를 세운 사나이

하나님, 이 나라를 살려 주십시오

　세찬 바람이 산골짜기를 휘감으며 불어왔다. 구름이 흘러가고 바람이 지나가듯이, 인생도 그렇게 흘러가고 있었다. 한 남자가 외투 깃을 여미며 길을 걷고 있었다. 그의 머리는 백발이었고, 얼굴에는 세월이 남긴 깊은 주름이 새겨져 있었다. 하지만 그 눈빛만큼은 여전히 살아 있었다. 내 고향 상주 땅 세월은 흘러 50년이 되었구나. 백발의 그는 시라소니보다 싸움을 잘하는 이상만의 아들 이종태였다.

　문경 세제를 지나면서 그는 한동안 걸음을 멈췄다. 바람이 그의 머리카락을 헝클었다. 어린 시절, 고향 상주의 들판을 뛰어다니며 놀던 기억이 떠올랐다. 저 멀리 보이는 산등성이 너머에 그의 고향이 있었다. 하지만 이제는 돌아갈 곳이 없었다. 모든 것이 변해 버렸다. 사람들도, 풍경도, 그리고 자신도.

“세월이 간다고 해서 나까지 따라가야 하나…．”

　그는 혼잣말을 하며 피식 웃었다. 인생을 돌아보면 아쉬움도 많았고, 후회도 많았다. 하지만 남에게 손 벌리고 사는 삶은 살지 않았다. 스스로 벌어먹고, 자기 손으로 삶을 꾸려 왔다. 등 따시고 배부른 삶이면 된 것이 아닌가. 그런 생각을 하면 한편으로는 위안이 되기도 했다.

　허름한 주막이 보였다. 낯선 마을이었다. 마을 어귀에는 장승이 세워져 있었고, 오래된 기와집들이 다닥다닥 붙어 있었다. 그는 그곳에 들어가 따뜻한 막걸리 한잔을 시켰다. 주모는 그의 백발을 보고 잠시 쳐다보더니 미소를 지으며 술잔을 내어 주었다.
　"먼 길을 오셨나 봅니다."
　그는 빙긋이 웃으며 술잔을 들었다.
　"인생이 다 그런 것 아니겠소. 흘러가는 대로 사는 거지."
　주모는 아무 말 없이 고개를 끄덕였다. 주막 안은 따뜻했지만, 그의 마음은 무언가 쓸쓸했다. 술 한 모금을 넘기며 그는 정치 이야기를 떠올렸다.

　"이 나라 꼴이 말이 아니야. 정치인들이 백성을 위한다면서 서로 싸우기만 하니…. 저 인간들이 백성을 위한단 말인가? 허울 좋은 소리만 늘어놓고 결국 자기들 잇속만 챙기는 게 뻔한 일이지."
　옆 테이블에 앉아 있던 중년 사내가 그의 말을 듣고 고개를 끄덕였다.
　"그 말이 맞소이다. 나라 살림을 책임진다면서 결국은 자신들의 자리싸움만 하니, 우리가 바라는 세상은 언제 올는지…."
　그는 술잔을 비우고 고개를 젓더니 한숨을 내쉬었다.
　"지금 정치판에 있는 작자들이 하나같이 엉망진창이야. 그들이 국민을 위한다고 하지만 결국 다들 제 욕심만 채우고 있는 거지."

　　　　　　　　　　　　　　　기차를 세운 사나이

그의 눈빛이 순간 날카로워졌다. 마치 오래전부터 쌓여 있던 울분이 술기운을 타고 터져 나온 듯했다. 그는 중얼거렸다.

"만약 내가 투명 인간이 될 수 있다면… 권총 한 자루만 있다면 실탄 100발을 들고 쓰레기 같은 정치인 다 죽이고 나도 죽으면 되니 더할 수 없는 장땡 아닌가…."

하지만 그저 혼잣말일 뿐이었다. 그는 피식 웃으며 고개를 흔들었다.

"허튼 생각 하지 말아야지. 결국 바뀌는 건 아무것도 없을 테니까."

술 한잔 먹고 낙서를 하다 보니 쓰레기들 기레기들 나에게는 물질적으로는 손해를 끼치지는 않으나 정신적으로는 손해가 많아진다.

하늘을 올려다보니 달이 떠 있었다. 희미한 달빛 아래 마을은 조용했다. 그는 다시 길을 떠나기로 했다. 바람이 다시 그를 감쌌다. 어디로 가야 할지 알 수 없었지만, 발길이 닿는 대로 흘러가는 것이 그의 운명이었다.

"하나님은 무엇을 생각하고 계시는지. 이 쓰레기들을 청소하게 총명하고 명석한 정치인을 발굴하여 대한민국을 세계 최강국으로 만들어 주세요. 믿습니다. 하나님, 이 나라를 살려 주십시오. 땅덩어리는 좁고, 인구는 많고, 이 나라의 앞날이 걱정입니다. 삼천리 반도 금수강산을 지상 천국으로 만들어 주소서. 간절히 기도합니다. 울며불며 사는 인생도 많지만 참고 참으며 근심 걱정과 싸우는 사람도 많습니다. 그들에게 힘과 용기를 주시고 항상 함께하여 주소서 믿습니다. 하나님을 정말 정말 믿습니다. 하나님 사랑합니다. 정말 사랑합니다."

그는 두 손을 모아 기도했다. 밤하늘의 별들이 그의 간절한 기도를 듣고 있는 듯 반짝였다. 그는 다시 한걸음 내디뎠다. 그의 여정은 아직 끝나지 않았다. 그렇게 그는 바람 따라, 구름 따라, 세월 따라 흘러가고 있었다.

이제는 사랑하는 일에만 열중하며 살 것이다

무공수훈자 회장직을 맡고 축하 화환을 받는 장면

아버지 친구인 면근이와 재근이는 요즘 말로 하면 전우회 같은 존재였다. 비가 오나 눈이 오나, 바람이 불든 폭염이 닥치든 상관없이, 그들은 언제나 아버지 상만이와 함께했다. 가족이 있음에도 불구하고 가장의 자리를 내려놓고 친구를 따라 생사를 같이하며, 서로의 삶 속 깊이 스며들어 있었다.

봄이 오면 개나리와 진달래가 흐드러지게 피고, 나팔꽃이 길가 담장을 타고 올라갔다. 가난한 나라, 가난한 집들 속에서 살아가는 이들에게 봄은 새로운 생명이 돋아나는 계절이면서도 배고픔을 견뎌야 하는 시간이기도 했다. 온 가족이 산과 들로 나물 캐러, 나무껍질을 벗기러 총출동을 했다. 남자들은 칡넝쿨을 엮어 다리키를 짜고, 짚으로 망태기를 엮어 등에 둘러메었으며, 여자들은 바구니를 들고 앞장섰다. 그들은 콧노래를 부르며 산길을 걸으며 귀가했다. 그렇게 모아온 나물들은 집으로 돌아와 우물가에서 정성껏 씻겨졌다. 겉절이로도 만들어지고, 된장과 고추장을 넣어 무쳐지기도 했다. 그때의 비빔밥은 지금과는 비교할 수 없는 깊고 진한 맛이 있었다.

우리의 어린 시절, 부모님의 시절, 조부모님과 증조부님에 이르기까지 가난을 피할 수 없는 시대였다. 일제강점기의 그늘 속에서, 부유한 이들은 문전옥답을 가진 자들이었고, 그들의 논에는 언제나 물이 흘렀으며, 밭에는 채소와 곡식이 자랐다. 그들은 언제나 논에 물이 넘쳐 흘렀고 밭 주변에 웅덩이가 있어 물을 퍼 날라 채소밭의 밀농사를 지을 수 있었다. 논에 심은 벼가 잘 자라 쌀밥을 풍족하게 먹었던 그들 부자들과는 달리 대부분의 사람들에게는 그러한 풍요로움이 없었다. 봄이면 배고파 잠을 이루지 못했고, 여름이면 빈대와 벼룩에 시달려

밤을 지새웠다. 부모님과 조부모님들은 늘 자식 걱정에 잠 못 이루었다. 그 시절에는 산아제한이란 것이 없었고, 생기는 대로 아이를 낳아야 했다. 하지만 늘어난 가족만큼 살림은 더 어려워졌고, 생활은 점점 더 고단해졌다.

그럼에도 불구하고, 우리는 그 모든 난관을 견뎌 냈다. 선조들은 악몽 같은 세월을 살아내며 수많은 역경을 이겨 냈다. 그리고 지금, 우리는 그들이 닦아 놓은 길 위에서 비교적 평온하고 넉넉한 삶을 살아가고 있다. 과거에는 육지 사람들은 비행기를 보고 놀랐고, 제주도나 섬에서 온 이들은 기차를 보고 놀랐다. 그런 이야기는 마치 전설처럼 우리에게 웃음과 감탄을 동시에 안겨 준다.

나, 이종태는 가난한 시절을 지나, 통신 중고등학교를 수료하고 일반 대학을 졸업한 이들보다 더 안정적인 직장을 얻었다. 군 입대 전까지 농사일로 고생을 많이 했고, 가난과 무지 속에서 괄시받던 어린 시절이 떠오르면 감회가 새롭다. 나는 부자는 아니지만, 돈을 빌리지도 않고 빌려주지도 않는 삶을 살고 있다. 등 따시고 배부르게, 행복한 꿈을 꾸며 잠을 잘 수 있는 것이야말로 진정한 부유함이 아닐까 생각한다.

서울에서는 나름 이름을 날렸다. 무공수훈자 회장도 해 봤고, 명예퇴직자 회장도 맡았으며, 인력개발회 회장까지 세 곳의 단체장을 역임했다. 지금 돌아보면 내가 생각해도 꽤나 대단한 이력이다. 하지만 내 고향에서는 그저 평범한 사람이었다. 서울에서야 내가 한 인물이었지만, 고향에서는 그저 소박한 한 사람이었을 뿐이다.

나는 16세에 4H 구락부 회장을 맡았고, 20살에는 군에 입대해 논산 훈련소 25연대 1중대에서 향도를 맡았다. 이후 1군 사관학교 1중대 1소대장 생도가 되었으며, 28사단 감악산 유격대 군대장을 역임했다. 제대 후에는 결혼 친목회 회장으로 활동했다. 어디에서든 조직이 형성되면 자연스럽게 간부 자리를 맡게 되었고, 심지어 요청까지 들어오곤 했다. 교회 강사로도, 대학 초청 강사로도, 친목회 모임 강사로도 초대받았다. 젊을 때는 말솜씨도 좋아 어디를 가든 환영받고 인기가 많았다.

하지만 어느 날, 나의 입을 막아 버린 한 여자를 만났다. 그녀를 만난 이후, 나는 말문이 막혀 버렸다. 이제는 말을 하려 하면 더듬거리기 일쑤고, 발음도 정확하지 못하다. 그래도 괜찮다. 이제는 사랑하는 일에 열중하며 살고 싶다.

   기차를 세운 사나이

참전용사증서
이 종 태
귀하는 월남전에 참전하여 자유민주주의
수호와 국가발전을 위해 헌신하였으므로 그
명예를 선양하기 위하여 이 증서를 드립니다
1999년 3월 30일
대통령 김대중
이 증서를 참전용사증서대장에 기입함 제2-10-022580호
국가보훈처장 최규화

세월

잡아도 잡히지 않는 세월

붙들어 놓아도 붙들리지 않는 세월

구름에 달 가듯이 달에 구름 가듯이

세월은 멈추지 않고 계속 가는구나

세월이 흘러가니 나도 흘러가네

세월아 가지 마라 소리쳐 불러도

눈코도 없고 입도 없는 것이 말을 못 듣네

세월아 무정한 세월아

앞동산 뒷동산에서 머물다 가거라

세월에게 말한다 나는 언제나 그곳에 있다고

흘러도 아니 가고, 날려서도 아니 가고

순풍에 돛 단 듯 눈에 보이지 않게

서서히 가지 않고 잠자듯이 서 있단다

사람들은 자꾸만 세월아 가지 마

네가 가면 나도 가야 한단다

사람들아 나 세월은 언제나

그 자리 제자리에서 꼼짝 않고 있단다

아, 세월은 유수 같지도 않고

흘러가는 구름 같지도 않단다

세월아 너만 가고 나를 두고 가느냐

하지도 말고 슬퍼하지도 마라

나 세월은 가만히 있을 테니

나 이종태는 문패도 번지수도 없는 집에서

사랑하는 여인과 즐겁고 아름다운 꿈을 꾸면서

만인의 부러움을 받으면서 행복하게 살고 있다

잉꼬 부부, 원앙 부부, 비둘기 부부, 천둥오리 같은 부부

봄이면 가방 하나 둘러메고 진달래 따라 개나리 따라

산으로 들로 꼬부랑길도 좍 뻗은 길도 아무 방해 없이

여름이면 가벼운 옷을 걸치고 그녀와 함께

승용차를 타고 한탄강을 향해 달린다

저녁에는 모닥불 피워 놓고 오징어도 구워 먹고

신랑각시는 하이파이브를 하며 물에 발 담그고 맥주 한잔

가을에는 낮은 산으로 오를 것을 생각하고 등정을 한다

입주 대길 사계절에 포근히 안기면 수확의 계절,

사랑의 계절, 아름다운 여인들 말끔히 사랑할 수 있는 계절

풍요로운 가을철에 사랑 풍족

사내들 육체가 가장 많이 발달하는 계절

호랑이도 잡을 기세 힘이 솟는 계절

땡감 따고 배, 복숭아, 오이, 유자 등 수확하는 계절

겨울에는 옷을 따뜻이 입고 산책 또는 등산도 하고

스케이트도 타고 스키도 탄다

옛날에 나는 진부령 스키장에 가 스키 타다
계곡으로 굴러 떨어져 죽을 뻔했고 했던 기억도 난다
스키를 메고 들고 지고 1시간 30분을 올라 하강하는데
하강 시간은 10초도 걸리지 않는다
우리나라에서 유일하게 한 곳 있는 스키장은 아주 열악했다
시설비가 많이 들어 자동으로 오르내리는
리프트(엘리베이터)도 설치 못 했으니
그것도 육군 보병 2사단 스키부대 훈련장이라
민간인은 탈 수도 없는 곳이다
로고 동동 주막집 산돼지고기 안주는 일품이었다
그곳 동동주막집 사계절은 저마다 특색 있는 계절이라
그야말로 삼천리강산, 금수강산 하나님이 주신 동산이다
먹고 입고 잠을 편히 잘 수만 있다면
대한민국은 정말 축복받은 땅이다
작은 땅이 두 동강 났으니 슬픔의 대한민국이다

기차를 세운 사나이

함께 여행을 자주 갔던
내 아내와 나의 사진들

金剛山末巖寺

함
백
산
해발 1,573m
(4.9Km)
정선군
정선읍
아리랑의 고장
정선입니다
'95 6